KB102019

회귀자와 함께
살아가는 법

회귀자와 함께 살아가는 법 8

재미두스푼 현대 판타지 소설

초판 1쇄 찍은 날 § 2022년 7월 27일
초판 1쇄 펴낸 날 § 2022년 8월 3일

지은이 § 재미두스푼
펴낸이 § 서경석

총괄팀장 § 황창선
편집책임 § 이준영
디자인 § 스튜디오 이너스

펴낸곳 § 도서출판 청어람
등록번호 § 제387-1999-000006호
등록일자 § 1999. 5. 31
어람번호 § 제1-3189호

본사 § 경기도 부천시 부일로 483번길 40 서경B/D 3F (우) 14640
편집부 § 서울시 구로구 디지털로 272 한신IT타워 404호 (우) 08389
전화 § 02-6956-0531 팩스 § 02-6956-0532
http://www.chungeoram.com
E-mail § chungeorambook@daum.net

© 재미두스푼, 2022

ISBN 979-11-04-92452-1 04810
ISBN 979-11-04-92411-8 (세트)

도서출판 청어람

8

회귀자와 함께
살아가는 법

재미두스푼

현대 판타지 소설

MODERN FANTASTIC STORY

회귀자와 함께
살아가는 법

목차

Chapter. 1

"절망적이다."

전공 과목 중 하나인 '형사 소송법' 과목 기말시험을 치른 후, 난 어김없이 절망감을 느꼈다.

'공부를 안 했으니까 당연한 거지.'

어쩌면 당연한 결과였다.

그럼에도 불구하고 억울하단 생각이 드는 이유는 내가 이번 학기에 한성 연쇄 살인 사건의 진범인 변춘제를 검거했기 때문이다.

"연쇄 살인범을 검거하는 데 일조했으니까 학점에 일정 부분 반영해 줘야 하는 것 아냐?"

내가 강의실을 빠져나와 한숨을 푹 내쉬고 있을 때였다.

지이잉, 지이잉.

휴대 전화가 진동했다.

"여보세요?"

—후배님, 날세.

이청솔에게서 걸려 온 전화임을 알아챈 내가 인사를 건넸다.

"선배님께서 무슨 일로 전화 주셨습니까?"

—무슨 일 있나?

"네?"

—후배님 목소리가 어두운 것 같아서 말일세.

'눈치 참 빨라!'

내가 픽 웃으며 대답했다.

"시험을 망쳤거든요."

—응?

"방금 형사 소송법 시험을 치르고 나왔는데… 아는 게 거의 없네요."

내 대답을 들은 이청솔이 껄껄 웃으며 제안했다.

—이거 똑똑한 검사라도 하나 붙여서 후배님 과외를 시켜 줘야겠군.

"마음만 받겠습니다."

난 이청솔의 제안을 정중하게 거절했다.

지금 한가하게 과외나 받고 있을 시간이 없기 때문이었다.

"그런데 무슨 일로 전화하셨습니까?"

─감사 인사를 하려고 전화했네.

"감사 인사요?"

─후배님이 약속을 지켰으니까.

"제가 무슨 약속을 지켰다는 건지……?"

─날 승진시켜 주겠다는 약속 말일세.

"그럼……?"

─아직 공식 발표는 안 났지만 이번 검찰 정기 인사에서 검사장으로 승진하게 됐다는 통보를 받았어.

'잘됐다!'

이청솔은 내 든든한 우군 중 한 명.

그가 차장 검사에서 검사장으로 승진한다는 소식은 분명 낭보였다.

'하긴… 승진이 안 되면 더 이상한 일이긴 하지.'

사회 지도층이 연루된 연예인 스폰서 사건을 비롯해 굵직한 사건들을 처리한 데다가, 이번에 한성 연쇄 살인 사건의 진범인 변춘제를 검거했던 사람도 서부지검 소속 수사관인 김기철이었다.

그 과정에서 이청솔은 미국에 증거품을 보내 미세 혈흔에서 DNA 증거를 추출했고, 그 DNA 정보 덕분에 변춘제를 한성 연쇄 살인 사건의 진범으로 특정할 수 있었다.

그러니 그가 이번 검찰 정기 인사에서 검사장으로 승진하는 것은 어쩌면 당연한 일이었다.

"축하드립니다."

내가 진심을 담아서 축하 인사를 건네자, 이청솔이 화답했다.

—이게 다 후배님 덕분일세. 은혜는 절대 잊지 않겠네.

"절대 잊으시면 안 됩니다."

—하핫, 알겠네. 조용해지면 같이 밥 한번 먹자고.

"연락 기다리고 있겠습니다."

이청솔과 통화를 마쳤을 때였다.

"너, 도대체 정체가 뭐야?"

유승아의 목소리라 등 뒤에서 들려왔다.

깜짝 놀란 내가 몸을 돌렸다.

"언제부터 거기 계셨습니까?"

"아까부터."

"……?"

"그래서 물은 거야. 검사장 승진이 네 덕분이라는 것은 대체 무슨 뜻이야?"

'다 들었네.'

유승아는 취조라도 하듯 날카로운 시선을 던지고 있었다.

"여긴 왜 온 겁니까?"

"아직 내 질문에 대답 안 했는데?"

"제가 그 질문에 대답할 의무는 없는 것 같은데요."

내가 딱 잘라 대답을 거절하자, 유승아가 두 눈을 흘겼다.

"비밀 많은 남자는 매력 없는데."

"다행이네요."

"왜 다행이란 거야?"

"비밀이 많은 매력 없는 남자라서요."

유승아가 재차 두 눈을 흘기며 화제를 전환했다.

"가자, 술 한잔 사 줄게."

"갑자기 왜 술을 사겠다는 겁니까?"

"아끼는 후배가 시험을 망쳤으니까 기분이 우울할 것 아냐? 그래서 선배로서 술 한잔 사 주려는 거야."

'진짜 다 들었네.'

내가 쓰게 웃으며 대답했다.

"그럼 술 한잔 사 주시죠."

*　　　　*　　　　*

후릅.

유명석은 구룡그룹 회장이기 전에 아버지였다.

그럼에도 불구하고 유승아는 유명석과 독대하는 자리가 불편했다.

"차 맛이 별로냐?"

그래서 모로 고개를 돌린 채 시선을 피하고 있을 때 유명석이 물었다.

"아니요. 괜찮아요."

'어차피 제대로 차 맛도 못 느낄 테니까요'라는 말을 속으로 삼킨 후 찻잔을 들어서 한 모금 마셨을 때, 유명석이 다시 질문했다.

"졸업 후의 계획은 세웠느냐?"

그 질문을 받은 유승아가 바로 대답했다.

"취직하려고요."

"취직?"

"네, 구룡그룹 계열사 중 한 곳에 입사 원서를 넣을 생각이에요."

취직을 할 계획이란 이야기를 들은 유명석이 의외라는 시선을 던졌다.

"대학원에 진학하든가 유학을 가든가 해서 공부를 좀 더 할 거라 생각했는데?"

"왜 그렇게 생각하셨어요?"

"요 근래 설운범 교수를 자주 만났다는 이야기를 전해 들었거든."

'모르는 게 없으시네.'

근래 들어 설운범 교수와 자주 만났다는 사실을 이미 유명석이 알고 있다는 사실을 깨달은 유승아가 한숨을 내쉰 후 말했다.

"설 교수님을 자주 만났던 것은 개인적인 호기심 때문이었어요."

"서진우라는 놈에게 호기심이 생긴 게 맞느냐?"

유승아가 찻잔을 향해 손을 뻗다가 흠칫하며 손을 거둬들였다.

"진우에 대해서는… 어떻게 알고 계세요?"

"딸이 관심을 가진 남자라서 조사를 해 봤지."

유명석의 이야기를 들은 유승아가 자세를 고쳐 앉았다.

서진우를 만난 것은 고작 서너 차례.

그마저도 단둘이 만났던 적은 없고 다른 사람들과 동석했던 자리였다.

그럼에도 불구하고 유명석은 이미 서진우에 대해서 조사를 마쳤다고 말했다.

이건 너무 과한 처사라는 생각이 들어서 유승아가 슬쩍 미간을 찌푸린 채 물었다.

"조사 결과는 어땠어요?"

"이해가 갔다."

"무슨 뜻이죠?"

"네가 관심을 가질 만큼 흥미로운 놈이더구나."

유승아가 예상치 못했던 대답에 흠칫 놀라며 유명석을 힐끗 살폈다. 그리고 유명석의 입가에 잠깐 떠올랐다가 사라진 흐릿한 미소도 놓치지 않았다.

'서진우에게… 관심이 생겼다?'

아버지인 유명석은 평가가 박하기로 소문난 분이었다.

내로라하는 인재들에게도 박한 평가를 내리기 일쑤였으니까.

그런 유명석이 서진우에게는 후한 평가를 내렸다.

'대단하네.'

서진우가 자신뿐만 아니라 구룡그룹 회장인 아버지의 관심을 잡아 끄는 데 성공했단 사실을 깨달은 유승아가 감탄을 금치 못하고 있을 때였다.

"어느 계열사에 입사 원서를 넣을지는 결정했느냐?"

유명석이 화제를 전환했다.

"아직 결정 못 했어요."

"신중하게 결정하거라. 어떤 결정을 내리느냐에 따라서 네 삶이 바뀔 테니까."

"……?"

"학교는 온실이지만, 기업은 전쟁터거든. 그 전쟁터에서는 나도 네게 특혜를 줄 생각이 없다."

"저보고 후계 구도 싸움에 뛰어들란 뜻인가요?"

"왜? 원치 않느냐?"

"그건……."

"나는 욕심껏 능력껏 더 많이 가져가는 것이 맞다고 생각한다. 그러니 네 몫은 네가 직접 챙겨라."

"알겠어요."

'숙명!'

유명석과 대화를 나누던 유승아가 떠올린 단어였다.

구룡그룹 유명석 회장의 자식으로 태어난 덕분에 유승아는 그동안 아주 많은 것들을 누리며 살아왔다.

그렇지만 살아남기 위해서 치열한 후계 구도 싸움에 참가해야 한다는 숙명도 함께 주어졌다.

"충고를 하나 해 줄까?"

자신에게 부여된 숙명에 대해서 새삼 깨달은 유승아가 지그시 입술을 깨물고 있을 때, 유명석이 불쑥 제안했다.

"그 충고를 듣기 전에 확인하고 싶은 게 있어요."

"무엇을 확인하고 싶으냐?"

"오빠들에게도 충고를 해 주셨나요?"

"그 녀석들에게는 충고해 주지 않았다."

"그런데 왜 제게만 충고를 해 주시려는 거죠? 아까 분명히 특혜는 없다고 말씀하셨잖아요?"

"그건……."

차를 한 모금 마신 후, 유명석이 대답을 이었다.

"네 엄마에게 빚을 졌다고 생각하기 때문이다."

그 대답을 들은 유승아가 지그시 입술을 깨물었다.

그깟 동정은 필요 없다.

엄마가 살아 있을 때 잘했어야지 이제 와서 내게 미안한 척하지 말라고 소리치고 싶은 것은 유승아가 꾹 눌러 참았다.

'내가… 구룡그룹을 갖는다!'

대신 속으로 각오를 다졌다.

악바리라는 소릴 들으면서까지 죽어라 공부해서 한국대학교에 진학한 것.

구룡그룹의 주인이 되겠다는 뚜렷한 목표가 있어서였다.

그리고 구룡그룹의 주인이 된 후에는 엄마를 무시하고 천대했던 이들에게 꼭 복수하고 싶었다.

그래서 유승아가 말했다.

"충고해 주신다면 새겨들을게요."

그 대답이 마음에 든 걸까.

유명석이 희미한 미소를 머금은 채 충고를 건넸다.

"능력 있는 장수를 아군으로 포섭해서 전쟁터에 끌어들이는 것도 전쟁에서 이길 수 있는 좋은 방법이다."

*   *   *

'서진우를 포섭하란 뜻이야.'

아버지인 유명석이 괜히 서진우를 흥미로운 놈이라고 높이 평가하며 언급했을 리 없었다.

지금껏 곁에서 지켜본 아버지 유명석은 쓸데없는 이야기는 절대 꺼내지 않는 성격의 소유자였기 때문이다.

즉, 서진우를 포섭해서 같은 편으로 끌어들이는 것이 후계 구도 싸움이란 전쟁터에서 이길 수 있는 방법이란 충고를 자신에게 건넨 것이었다.

그때, 휴대 전화에 문자 메시지가 도착했다.

— 이번 검찰 정기 인사에서 검사장 승진 대상자는 한 명뿐입니다. 서부지검 이청솔 차장 검사입니다.

그리고 막 도착한 문자 메시지를 확인한 후 유승아가 소주잔을 매만지고 있는 서진우를 힐끗 살폈다.

서부지검 부장 검사였던 이청솔과 서진우가 접점이 있다는 것은 조사를 통해서 이미 알고 있었다.

특이한 점은 서진우와 접점이 있은 후, 이청솔이 부장 검사에서 차장 검사로 승진했다는 것이었다.

그런데 이번에는 차장 검사에서 검사장으로 승진했다.

서진우와 접점이 생긴 후, 이청솔이 이례적일 정도로 **빠른** 속도로 승진하는 일이 절대 우연일 리가 없다고 유승아는 판단했다.

그래서 서진우에게 새삼스러운 시선을 던지고 있을 때였다.

"말을 하세요."

"……?"

"건배하고 싶으시면 그렇게 째려보지 말고 말씀을 하시라고요."

그 시선을 느낀 서진우가 말했다.

유승아가 바로 술잔을 들었다.

채앵.

건배를 하고 술잔을 비운 후, 유승아가 말했다.

"흥미로웠어."

"뭐가 흥미로웠다는 말씀인가요?"

"두정식품."

"……?"

"즉석 밥이란 것, 무척 매력적인 아이템이란 생각이 들었거든."

"설운범 교수님이 알려 주셨습니까?"

"응."

"오해하고 계신 것 같은데 제가 한 건 별로 없습니다. 다 차려진 밥상에 슬쩍 숟가락만 얹었으니까요."

서진우가 대답한 순간, 유승아가 고개를 가로저었다.

"하마터면 엎어질 뻔했던 밥상을 단단히 붙잡은 후에 숟가락을 얹었지. 만약 진우, 네가 투자하지 않았다면 두정식품의 윤원종 사장은 즉석 밥 개발을 포기했을 테니까."

"생각의 차이죠. 저는 그냥 다 차려진 밥상에 숟가락만 얹었다고 생각하고 있습니다."

"그것도 능력이지."

"하고 싶은 말이 뭡니까?"

"잘 차려져 있는 밥상을 기가 막히게 찾아서 숟가락을 얹는 네 능력이 탐이 나."

유승아가 대답하자, 서진우가 소주잔을 매만지며 물었다.

"혹시… 스카우트 제안입니까?"

"비슷해."

"관심 없습니다."

딱 잘라 관심 없다고 대답하는 서진우를 확인한 유승아가 표정을 굳혔다.

서진우는 자신이 구룡그룹 회장인 유명석의 막내딸이라는 사실을 알고 있는 상황.

그러니 이게 얼마나 큰 기회인지 알고 있을 것이었다.

그래서 서진우가 당연히 이 제안에 흥미를 느낄 거란 자신의 예상이 빗나갔기 때문에 유승아가 적잖이 당황한 것이었다.

"왜 관심이 없는 거야?"

"남의 밑에서 일할 생각이 없거든요."

"하지만……."

"같은 기준으로 판단하지 마십시오."

"……?"

"구룡그룹 유명석 회장님의 막내딸로 살아오는 동안 대부분의 사람들이 떠받들고 고개를 숙였을 겁니다. 그러다 보니 내가 제안하면 어느 누구든 당연히 그 제안을 받아들일 거라는 생각을 했을 테고요. 하지만 그건 엄연한 착각입니다. 대부분의 사람들은 그렇겠지만, 그렇지 않은 사람들도 분명히 존재합니다. 그리고 뛰어난 인재들은 그렇지 않은 사람 쪽에 포함되어 있을 확률이 대부분이죠. 지금 같은 사고방식으로는 뛰어난 인재를 포섭하는 것이 절대 쉽지 않을 겁니다."

서진우가 건넨 충고(?)를 들은 유승아가 지그시 입술을 깨물었다.

첫 스텝부터 꼬인다는 느낌을 받았기 때문이었다.

그때 서진우가 덧붙였다.

"굳이 진흙탕 싸움에 끼어들 필요가 있습니까?"

＊　　　　＊　　　　＊

강원도 양구.

협회장 배 펜싱 대회 참가차 오산 시청 선수들을 데리고 양구에 도착한 김상백이 반가운 얼굴을 발견하고 한달음에 달려갔다.

"선배님!"

"어!"

"이게 대체 얼마 만입니까?"

김상백은 한때 신복동과 함께 실업 팀에서 한솥밥을 먹은 적이 있었다. 그리고 신복동이 은퇴한 후 약 십여 년 만에 다시 만났기에 반갑게 인사를 건네자, 그가 특유의 시니컬한 웃음을 지으며 대답했다.

"보자… 한 십 년쯤 된 것 같은데."

"정확히 십일 년 만입니다."

김상백이 정정하자 신복동이 픽 웃었다.

"계산 정확한 건 여전하네."

"선배님도 여전하시네요. 하나도 안 변하셨어요."

"입에 발린 말 잘하는 것도 여전하고."

"빈말이 아니라 진짜 하나도……."

"어떻게 지냈어?"

"실업 팀 하나 맡아서 지도하고 있습니다."

김상백이 근황을 알려 주자 신복동이 고개를 끄덕였다.

"다행히 잘 풀렸네."

펜싱은 프로 팀이 없었다.

실업 팀과 대학의 펜싱부 위주로 명맥이 유지되는 상황.

선수 은퇴 후에 김상백이 실업 팀 지도자를 맡은 것은 신복동의 말처럼 무척 잘 풀린 케이스였다.

"운이 좋았습니다."

"아냐, 상백이 넌 실력도 있고 자격도 있었어."

신복동은 칭찬을 건넸지만, 김상백은 환하게 웃지 못했다.

낯이 뜨거워지는 것을 느끼며 김상백이 서둘러 화제를 전환했다.

"참, 선배님이 사업 시작하셨다는 소문은 들었습니다."

"뭐, 개인 사업 하나 작게 했었어."

'잘 안 되셨구나.'

사업에 대해 이야기를 꺼내는 신복동의 낯빛이 밝지 않은 것을 확인한 김상백이 표정을 굳혔다.

'하긴 잘되는 게 오히려 이상한 일이지.'

어린 시절부터 운동만 했던 신복동이었다. 그리고 운동선수들은 세상 물정을 모른다.

운동에 집중하느라 사회 경험이 부족하기 때문이다.

따라서 신복동이 은퇴 후에 덜컥 시작했던 사업이 잘됐을 리가 없다는 생각이 퍼뜩 들었다.

김상백이 더 자세히 묻는 대신 입을 다물었을 때였다.

"요즘 이쪽은 어때?"

"네?"

"오랫동안 연을 끊고 살았더니 이 바닥 돌아가는 상황을 몰라서 묻는 거야."

"아, 네. 뭐, 비슷합니다."

"비슷하다? 여전히 정명섭이 장악하고 있나 보군."

"…그렇습니다."

김상백이 그렇다고 대답하자, 신복동이 시니컬한 웃음을 머금은 채 덧붙였다.

"여전히 썩었겠군."

"네."

김상백이 차마 부인하지 못하고 수긍하자, 신복동이 혼잣말처럼 덧붙였다.

"그럼 쉽지 않겠네."

그 말을 흘려듣지 않은 김상백이 서둘러 물었다.

"혹시… 복귀하실 생각입니까?"

"내가 복귀하고 싶다고 한들 자리가 있을까?"

"선배님 실력이면……."

"실력이 중요한 게 아니란 것, 잘 알고 있잖아? 나와 정명섭의 관계가 틀어질 대로 틀어졌다는 것, 이 바닥에 모르는 사람 있어?"

신복동의 이야기에 김상백이 고개를 숙였다.

현 펜싱 협회 부회장인 정명섭과 신복동의 관계가 틀어졌던 계기는 국가 대표 선발 방식이었다.

석연치 않은 이유로 신복동은 국가 대표로 발탁되지 못했고, 그에 불만을 품은 신복동은 국가 대표 선발 방식에 문제가 있다고 주장하면서 정명섭 부회장에게 반기를 들었다.

그러나 당시 선수였던 신복동이 이미 국내 펜싱계를 장악하고 있었던 정명섭을 상대로 싸워서 이기는 것은 불가능했다.

정명섭에게 단단히 미운털이 박혀 버린 신복동은 그 후로 여러 불이익을 당했고, 결국 더 버티지 못하고 선수 생활을 은퇴했다.

그리고 지도자 자리도 얻지 못하고 쓸쓸히 펜싱계를 떠났 었고.

예전 우울한 기억이 다시 떠올라서 김상백이 애꿎은 바닥 을 발로 툭툭 차고 있을 때, 신복동이 덧붙였다.

"아까 내 이야기를 했던 게 아냐. 내가 키운 선수 이야기를 한 거지."

그 이야기를 들은 김상백이 번쩍 고개를 들었다.

"선배님이 선수를 키웠다고요?"

"그게… 키웠다고 표현하긴 좀 애매해."

"네?"

"거의 혼자 크다시피 했거든."

"……?"

"난 그냥 옆에서 몇 마디 조언해 준 게 전부고."

"누굽니까?"

"서진우라고 이번 대회 남자 사브르 종목에 출전해."

'서진우?'

김상백이 서둘러 기억을 더듬었다.

오산 시청 소속 선수 중에도 남자 사브르 종목에 출전하는 선수가 있었기에 대진표를 이미 확인했었다.

그렇지만 서진우라는 선수의 이름은 기억 속에 남아 있지 않았다.

그래서 김상백이 질문했다.

"어느 팀 소속입니까?"

"실업 팀에 소속된 선수가 아냐. 대학생이야."

"대학생이요? 어느 대학입니까?"

"한국대학교."

"네?"

서진우가 한국대학교 학생이란 대답을 들은 김상백이 당황했다.

'한국대학교에… 펜싱부가 새로 생겼나?'

펜싱은 엘리트 종목인 데다가 저변도 넓은 편이 아니었다.

그래서 펜싱부가 있는 대학은 극히 일부.

그리고 김상백이 알기로 한국대학교에는 펜싱부가 없었다.

그런데 한국대학교 학생인 서진우가 협회장 배 펜싱 대회에 출전했다는 이야기를 듣고서 어찌 당황하지 않을 수 있을까.

'그래서… 내가 몰랐던 거야.'

상위권 성적이 유력한 선수들은 이미 대충 정해져 있었다.

그런 선수들 위주로 대진표를 살피다 보니, 한국대학교 학생인 서진우에 대해서는 당연히 신경을 쓰지 않았다.

"취미로 펜싱을 하는 겁니까?"

"아니야."

"그럼……?"

"그 녀석 말로는 일단 국가 대표가 되는 게 목표라고 하더군."

"국가 대표… 요?"

"그래."

'농담을 하시는 건가?'

신복동이 농담을 하는 건지, 진담을 하는 건지 파악하지 못한 김상백이 고개를 갸웃할 때, 그가 덧붙였다.

"그래서 이번 대회에서 우승이 목표라고 하더군."

                    *   *   *

"대진표 나왔다."

장종호 감독이 앞으로 내민 대진표를 건네받은 기동민이 서둘러 확인했다.

"한국대학교 서진우? 한국대학교에도… 펜싱부가 있었나?"

자신의 32강전 상대가 한국대학교 재학생인 서진우임을 확인한 후 기동민이 고개를 갸웃했을 때였다.

"대진 운이 아주 좋은 편이야."

장종호 감독이 만족스레 웃으며 말했다.

"구병길, 이민상과는 라인이 확실히 갈렸어. 둘 중 하나를 결승에서나 만나는 대진이야."

구병길과 이민상, 그리고 자신까지.

협회장 배 펜싱 대회 남자 사브르 종목의 우승 후보들이었다.

그런데 대진표상으로는 구병길과 이민상이 준결승전에서 만날 가능성이 높았고, 기동민은 두 선수의 승자와 결승에서 만날 가능성이 높았다.

'최소 준우승은 확보한 셈!'

그래서 기동민 역시 대진표에 만족감을 드러냈다.

'국가 대표 선발은 무난하겠군.'

이번 대회에서 준우승 이상의 성적을 거두고 나면, 남아 있는 국가 대표 선발전에서 16강 이상의 성적만 거둬도 특별한 변수가 없는 한 국가 대표로 선발될 확률이 높았다.

그래서 긴장이 풀린 기동민이 장종호 감독에게 물었다.

"얜, 누구예요?"

"누구?"

"32강전 상대인 서진우요."

서진우에 대해서 질문하자, 장종호 감독이 어깨를 으쓱했다.

"신경 쓸 것 없어. 아마추어니까."

"아마추어요?"

"그래. 너도 알다시피 한국대학교에는 펜싱부가 없어. 어느 클럽에서 펜싱 배우다가 경험 삼아서 대회에 출전한 것 같아."

'실질적으로는… 부전승이나 마찬가지네.'

장종호 감독에게서 돌아온 대답을 들은 기동민의 입가로 재차 미소가 번졌다.

'최상의 대진!'

더할 나위 없이 최상의 대진표를 받아들였다는 생각에 기분이 한껏 업된 기동민이 결승전에 선 자신의 모습을 상상하기 시작했다.

*　　　*　　　*

"대진표 나왔다."

신복동이 한숨을 내쉬며 서진우에게 대진표를 내밀었다.

'최악의 대진표!'

그리고 신복동이 한숨을 내쉰 이유는 말 그대로 최악의 대진 운이었기 때문이었다.

'첫 상대가 하필이면 기동민이라니.'

기동민은 남자 사브르 종목 국내 랭킹 3위에 올라 있는 선수였다.

구병길, 이민상과 함께 남자 사브르 종목 유력 우승 후보로 꼽히는 선수.

그런데 하필 그런 기동민과 서진우가 32강전에서 맞붙게 됐다는 사실을 알고 난 후 신복동은 눈앞이 캄캄해지는 느낌이었다.

'좀 더 쉬운 상대를 만나길 그렇게 바랐는데.'

서진우는 생애 첫 대회 출전.

게다가 실전 경험도 부족했다.

그래서 대회 초반에 비교적 약한 상대를 만나서 실전 무대에 적응할 기회가 주어지길 원했는데.

대진 운은 신복동의 기대와 달랐다.

이번 대회 유력한 우승 후보 중 한 명인 기동민과 첫 경기부터 맞붙게 됐으니까.

그때 대진표를 살피던 서진우가 말했다.

"대진 운이 좋네요."

'대진 운이… 좋다고?'

그 이야기를 들은 신복동이 황당한 표정을 지었다.

"첫 상대인 기동민은 우승 후보야. 1차전 탈락이 유력한 상황인데 대진 운이 좋다고 말하는 건……."

"그래서 드린 말씀입니다."

"응?"

"기동민만 꺾으면 결승까지는 무난히 순항할 것 같으니까요."

"그렇긴 하지만……."

"그러니 이 정도면 대진 운이 좋은 편 아닌가요?"

'참… 긍정적이야.'

새삼 서진우가 낙천적이란 생각을 속으로 하던 신복동이 다시 입을 뗐다.

"만약 1차전에서 기동민을 꺾을 수만 있다면 네 말이 맞아. 그런데… 기동민은 절대 만만한 상대가 아냐."

"별것 없던데요."

"……?"

"경기 영상을 분석해 보니까 제가 이기지 못할 상대는 아니었습니다."

"하지만……."

"멘탈이 약하더라고요."

'분석은 제대로 했네.'

기동민의 약점이 멘탈이 약한 것이라는 것.

꾸준히 지적돼 온 약점이었고, 서진우는 분석을 통해서 그 약점을 놓치지 않고 캐치 하는 데 성공했다.

'그리고… 자신감이 있는 것도 좋네.'

서진우에게 더 잔소리를 하려던 신복동이 도중에 마음을 바꿨다.

첫 상대가 유력한 우승 후보인 기동민이라는 사실을 알고 난 후, 자신감을 잃어버리고 기가 팍 죽어 있는 것보다는 이 편이 훨씬 낫다는 생각이 들어서였다.

'어차피 우승이 목표가 아니잖아!'

서진우는 이번 대회에 출전한 목표가 우승이라고 밝혔다.

그러나 신복동은 생각이 달랐다.

'경험을 쌓자!'

서진우가 국가 대표로 발탁되어 내년에 열릴 방콕 아시안 게임에 출전한 뒤 메달을 따는 것이 신복동은 실현 불가능한 목표라고 여전히 생각하고 있었다.

방콕 아시안 게임이 아니라 다음 아시안 게임에 국가 대표로 출전해서 메달을 따는 것이 현실적인 목표.

그래서 이번 협회장 배 펜싱 대회에 서진우의 참가 신청서를 제출한 신복동의 목표는 두 가지.

서진우에게 대회 경험을 쌓게 만들어 주는 것과 적나라한 현실을 느끼게 해 주는 것이었다.

그런데 하필이면 첫 상대로 기동민을 만나서 대회 경험을 쌓을 기회가 줄어든 것이 못내 아쉬운 것이었다.

"결승에서는 구병길 선수를 만났으면 좋겠네요."

이런 자신의 속내를 전혀 모르는 서진우는 결승 상대로 구병길을 만났으면 좋겠다는 바람을 피력하고 있었다.

제대로 김칫국을 마시고 있는 서진우를 탓하는 대신 신복동이 쓴웃음을 머금은 채 속으로 생각했다.

'그래, 직접 부딪쳐서 깨져 봐야 제대로 현실을 깨달을 수 있는 법이지.'

＊　　　　＊　　　　＊

"저 녀석이군."

김상백이 두 눈을 빛내며 경기장에 등장한 서진우를 바라보았다.

서진우는 오랫동안 펜싱계를 떠나 있었던 신복동이 공들여 키운 제자.

그러니 어찌 관심이 생기지 않을 수 있을까?

"한국대학교?"

"한국대학교에 펜싱부가 있어?"

"한국대학교 재학생이면… 아마추어 아냐?"

그리고 서진우에게 관심을 가진 것은 자신만이 아니었다.

한국대학교에 재학 중인 서진우의 이번 대회 출전은 꽤 큰 이슈가 되고 있었다.

한국대학교에는 펜싱부가 존재하지 않는 상황.

한국대학교 학생이 협회장 배 펜싱 대회에 참가한 것은 이번이 처음이었기 때문이었다.

경기장으로 입장하는 서진우를 바라보던 김상백이 고개를 돌려서 코치석에 앉아 있는 신복동을 힐끗 살폈다.

'표정이… 어두우시네.'

서진우의 첫 상대가 하필 기동민이라는 점 때문에 신복동의 표정이 어두운 것이란 생각을 하고 있을 때였다.

"서진우, 파이팅!"

관중석에서 누군가 소리쳤다.

'다윗과 골리앗의 싸움이니까.'

그래서 첫 경기부터 기동민이라는 골리앗을 상대하게 된 다윗 서진우를 응원하는 마음이 생긴 것이리라.

'기왕이면… 선전했으면 좋겠군.'

김상백도 내심 서진우의 선전을 바라고 있을 때였다.

"엉가르!"

심판이 소리쳤다.

주심의 외침을 듣고 준비 자세를 취하고 있는 서진우를 살피던 김상백이 슬쩍 눈살을 찌푸렸다.

'자세가… 너무 낮아!'

어딘가 엉성하게 느껴지는 서진우의 준비 자세는 아마추어임을 입증하는 증거.

"알레!"

그때 주심이 경기 시작을 선언했다.

그 순간, 기동민이 지체 없이 전진했다.

'늦었어!'

사브르 종목에서 가장 중요한 것은 선제공격.

그런데 서진우는 공격 시도가 늦었다.

'얼었어!'

서진우는 이번이 첫 대회 출전.

그래서 잔뜩 긴장한 탓인지 엉거주춤한 자세로 뒤로 물러나기 급급했다.

'실점했어!'

기동민이 휘두른 사브르가 육안으로 확인하기 어려울 정도로 빠른 속도로 파고든 순간, 김상백은 득점이 될 거라 확신했다.

그런데 잠시 후 전광판에는 청색 불이 들어와 있었다.

'오류?'

처음에는 선수들이 착용한 전자 장비에 오류가 발생한 것이라 여겼는데.

기동민은 심판에게 판정에 대해서 항의하지 않았다.

아니, 실점을 허용한 것에 충격이 큰 듯 멍하니 서 있기만 했다.

충격적인 결과를 확인한 김상백이 벌떡 일어났다.

"콩트라딱에 성공했다고?"

기동민은 국내 정상급 선수.

서진우가 그의 베기 공격을 막고 난 후 역습에 성공했다는 것이 김상백을 흥분케 만든 것이었다.

그리고 우승 후보인 기동민이 서진우에게 먼저 실점을 허용한 순간, 대회가 열리고 있는 체육관은 금세 조용해졌다.

"우연… 이었겠지."

김상백이 작게 혼잣말을 꺼낸 순간, 심판이 외쳤다.

"엉가르!"

"알레!"

심판이 경기 시작을 선언한 순간, 기동민이 먼저 공격했다.

'또… 늦었어!'

움직이지 않는 서진우를 확인한 신복동이 표정을 굳혔다.

첫 득점을 올릴 당시와 비슷한 상황.

그럼에도 불구하고 신복동이 한숨을 내쉰 이유는 아까와 똑같은 상황이 전개되지 않을 거란 생각이 들어서였다.

'이번엔 방심하지 않을 거야.'

서진우가 기동민의 공격을 막아 내고 역습에 성공해서 득점을 올렸던 것은 기동민이 방심했기 때문이라고 신복동은 판단했다.

서진우가 아마추어라고 판단한 기동민이 방심했고, 그래서 전력을 다하지 않고 여유를 부리다가 역습을 허용했던 것.

하지만 이번에는 기동민도 방심하지 않을 터였다.

그러니 아까와는 상황이 달라질 것이라고 신복동이 막 판단했을 때였다.

주춤.

서진우가 뒷걸음질을 치며 기동민의 베기 공격을 막아 세웠다.

채앵.

그리고 엉덩이가 뒤로 빠진 채 찔러 넣은 사브르 끝이 기동민의 가슴에 닿았다.

삐익.

전광판에 또다시 청색 불이 들어온 순간, 신복동이 자리를 박차고 벌떡 일어났다.

'이게… 가능해?'

정상급 선수들과 상대할 경우, 칼의 움직임을 육안으로 확인하는 것이 어렵다.

신복동도 선수 생활을 해 봤기에 그것을 누구보다 잘 알고 있었다.

그래서 상대 선수의 칼을 육안으로 보고 대처하는 게 아니라, 상대 선수의 특성과 버릇을 파악해서 감으로 싸우는 것이 일반적이었다.

그런데… 서진우는 달랐다.

국내 정상급 선수인 기동민의 공격을 육안으로 확인해서 정확히 막아 세운 후 잇따라 역습을 성공시키고 있었다.

"방심도… 우연도… 아니었어!"

같은 패턴으로 2실점을 허용한 기동민은 충격이 큰 듯 반쯤 넋이 나가 있었다.

그때, 서진우가 왼손 엄지를 추켜세웠다.

'걱정하지 말고 편하게 지켜봐라!'

그 손동작에 담긴 의미.

'전혀… 긴장하지 않았다!'

기동민에게 선제공격을 허용했던 것이 서진우가 무대 경험이 없는 탓에 긴장했기 때문이라고 신복동은 판단했었다.

하지만 오판이었다.

서진우는 전혀 긴장한 상황이 아니었다.

'그런데 왜 선제공격을 안 한 거야?'

경기를 앞두고 신복동이 주문한 것은 하나.

선제공격을 하라는 것이었다.

그런데 그 주문을 따르지 못한 게 아니라 일부러 따르지 않은 것이란 데 생각이 미친 순간, 신복동이 두 눈을 치켜떴다.

'설마… 기동민의 멘탈을 초반부터 무너뜨리기 위해서 일부러 선제공격을 안 한 것이었던 건가?'

*   *   *

구병길, 이민상, 기동민.

협회장 배 펜싱 대회 남자 사브르 종목의 유력 우승 후보들이었다.

이번 대회에 참가한 내 목표는 우승.

우승이란 목표를 달성하기 위해서는 이 세 선수를 상대해서 이겨야 했다.

그래서 이 세 선수들의 경기 영상을 확보해서 나름 철저히 분석했다.

그 분석 결과 32강전 상대인 기동민의 장점과 약점을 파악하는 것이 가능했다.

기동민의 장점은 폭발적인 공격력, 반면 약점은 멘탈이었다.

장점인 폭발적인 공격력을 앞세워서 경기 초반을 쉽게 잘 풀어 가면 무난하게 승리를 거두는 타입이었다.

그러나 경기가 초반에 뜻대로 풀리지 않으면 멘탈이 무너지면서 어렵게 경기를 풀어 가며 자멸하는 스타일이었다.

그래서 난 기동민과의 대결을 앞두고 경기 플랜을 이미 짰다.

'선수비 후 역습!'

내가 미리 짠 경기 플랜이었다.

'저 자식은 아마추어. 내 공격을 절대 막지 못할 거야.'

기동민은 이런 확신을 가진 채 경기에 임할 것이었다.

그래서 날 얕본 채 수비 따윈 염두에 두지 않고 오롯이 공격에만 집중할 터.

그런데 자신 있는 공격이 먹히지 않는다면?

그리고 오히려 역습을 허용해 연속으로 점수를 빼앗긴다면?

기동민은 당황하며 멘탈이 와르르 무너질 거라는 예상을 했다.

그런 내 예상은 적중했다.

2 대 0.

"엉가르!"

내가 두 점을 선취한 상황에서 심판이 준비 자세를 취하라
는 지시를 내렸다.

"알레!"

그리고 경기 시작을 알린 순간, 기동민의 움직임은 이전 두
차례와 달랐다.

바로 공격을 시도하지 못하고 잠시 머뭇거렸다.

'이번엔 공격이 먹힐까? 또 공격이 막히고 난 후 역습을 허
용해서 실점을 허용하게 되면 어쩌지?'

이런 우려와 두려움이 마음속을 잠식했기 때문에 머뭇거린
것이었다. 그리고 난 기회를 놓치지 않았다.

탓.

선수비 후 역습이란 경기 플랜을 버리고, 먼저 공격에 나섰
다.

쉬이익.

내가 지체 없이 휘두른 사브르가 위에서 아래로 떨어졌다.

기동민이 수비를 하기 위해서 사브르를 쳐들었지만, 긴장으
로 인해 몸이 굳어졌기에 반응이 조금 늦었다.

픽!

내 사브르는 기동민의 어깨를 가격했고, 전광판에는 여지없
이 청색 불이 들어왔다.

3 대 0.

4 대 0.

5 대 0.

경기 양상은 일방적으로 흘러갔다.

펜싱 헬멧 너머로 보이는 기동민의 눈동자가 중심을 잡지 못하고 격렬하게 흔들리는 것을 확인한 난 첫 경기 승리를 확신했다.

*　　　　　*　　　　　*

에페는 장거리, 플뢰레는 중거리, 사브르는 단거리로 흔히 비유된다.

사브르 종목의 경우, 에페나 플뢰레처럼 칼끝으로 찔러야만 불이 들어오면서 득점으로 인정되는 것이 아니라, 날이 닿기만 해도 불이 들어오면서 득점으로 인정되기 때문에 공격의 유효면이 더 넓다.

수비자로서는 막아야 할 면적과 부위가 더 넓기 때문에 방어가 힘들 수밖에 없고, 그래서 공격을 하는 편이 압도적으로 더 유리하다.

이런 이유로 서로 먼저 공격을 시도하려 들기 때문에 플레이가 더 공격적이고 격렬하며 빠를 수밖에 없다.

이것이 사브르 종목이 단거리 경주에 비유되는 이유.

그런데 지금 상황은 달랐다.

"알레!"

심판이 경기 시작을 알렸음에도 두 선수는 모두 공격을 시도하지 않고 멀뚱히 서 있기만 했다.

"맛이 갔네."

일반적인 궤와는 전혀 다른 경기 양상을 지켜보던 구병길이 혀를 찼다.

경기가 시작되기 전까지만 해도 기동민의 압승이 점쳐졌다.

경기 상대인 서진우가 대회에 처음으로 출전하는 아마추어였기 때문이었다.

그러나 막상 뚜껑이 열리고 나자, 예상과는 전혀 다른 결과가 도출되고 있었다.

9 대 0.

서진우는 기동민을 상대로 먼저 9점을 획득하면서 일방적으로 앞서가고 있었다. 그리고 스코어만 앞선 것이 아니었다.

기동민을 멘탈적으로도 그로기 상태에 빠지게 만들었다.

심판이 경기 시작을 알렸음에도 기동민이 공격을 펼칠 생각도 하지 못하고 멀뚱히 서 있는 것이 멘탈이 와르르 무너졌다는 증거.

이미 승부의 추가 기울어진 상황이었다.

그럼에도 불구하고 구병길이 경기를 계속 지켜보는 이유는 서진우를 관찰하기 위함이었다.

'결승에서 만날 수도 있다.'

협회장 배 펜싱 대회가 시작되기 전까지만 해도 구병길은 서진우가 이번 대회에 참가하는지도 몰랐다.

아니, 자신만 그런 것이 아니었다.

어느 누구도 서진우에 대해서 주목하지 않았다.

그런데 한 경기가 끝나기도 전에 상황은 백팔십도 바뀌었다.

남자 사브르 종목 개인전 유력 우승 후보였던 기동민을 상대로 일방적인 경기를 펼치는 서진우의 모습은 분명히 인상적이었다.

구병길이 이번 대회 결승에서 서진우를 만날 수도 있다고 생각할 정도로.

*   *   *

"서진우의 약점은… 기본기와 체력이야."

경기장에서 기동민을 상대하고 있는 서진우를 유심히 관찰하던 구병길이 내린 결론이었다.

서진우의 자세는 프로라고 부르기 힘들 정도로 엉성한 편이었다.

펜싱을 시작한 지 그리 오랜 시간이 흐르지 않았다는 증거.

그로 인해 기본기가 부족했지만, 천부적인 운동 신경으로 기본기 부족이라는 약점을 메꾸고 있었다.

그리고 확실히 승기를 잡았음에도 기동민을 더 거세게 몰아붙이지 않고 회복할 시간을 주는 것이 경기 후반으로 갈수록 체력이 떨어진다는 증거였다.

"우승은… 내 차지야."

구병길이 혼잣말을 꺼낸 순간, 전광판에 처음으로 빨간 불이 들어왔다.

*   *   *

챙, 채앵.

사브르가 허공에서 격렬하게 부딪쳤다.

푹.

그리고 빠르게 찌르기 공격으로 전환한 서진우의 사브르 끝이 기동민의 어깨를 찌르며 경기가 끝이 났다.

'이겼다!'

서진우의 승리로 경기가 끝난 순간, 끝까지 긴장의 끈을 놓지 못하고 경기를 지켜보던 신복동이 주먹을 불끈 움켜쥐며 자리에서 일어섰다.

데뷔전에서 승리를 거두고 경기장을 내려오는 서진우가 대견하기 그지없었다.

감정이 벅차올라서 힘껏 끌어안으려 했던 신복동이 담담하기 그지없는 서진우의 표정을 확인한 후 멋쩍어서 헛기침을 했다.

"큼, 큼, 잘했다."

"제가 이길 거라고 말씀드렸지 않습니까?"

"그렇게 말하긴 했지만… 진짜 기동민을 이길 줄은 몰랐거든."

"이게 스포츠의 참맛이죠."

"……?"

"이변이 발생하는 것 말입니다."

'진짜… 여유가 있네.'

대회에 첫 출전 해서 데뷔전을 치른 상황.

그것도 데뷔전에서 모두의 예상을 깨고 우승 후보 중 한 명이었던 기동민을 상대로 승리를 거뒀음에도 불구하고 서진우는 전혀 흥분한 기색이 아니었다.

차분한 표정으로 자신에게 농담을 던지는 것이 전혀 흥분하지 않았다는 증거.

더 놀라운 것은 호흡조차 가빠 보이지 않는다는 것이었다.

그것을 확인한 신복동이 참지 못하고 입을 뗐다.

"체력이 고갈된 게 아니었군."

"에이, 겨우 한 경기 치르고 체력이 바닥날 정도로 약골은 아닙니다."

"그런데 왜……?"

"경기 후반부에 체력이 고갈된 것처럼 보였습니까?"

서진우의 질문에 신복동이 고개를 끄덕였다.

경기 스코어가 9 대 0으로 벌어졌을 당시, 이미 승기는 기울어진 상태였다.

그리고 기동민은 멘탈이 와르르 무너진 상황.

서진우가 더 거세게 몰아붙였다면 끝까지 승기를 놓치지 않고 경기를 더 쉽게 마무리할 수 있었다.

하지만 서진우는 더 몰아붙이는 대신 멈칫거렸고, 그로 인해 경기 후반부에는 치열한 공방전이 벌어졌다.

경기 초중반에 큰 격차를 벌려 놓지 않았다면, 역전을 허용할 수도 있었던 경기 흐름이 신복동은 못내 아쉬웠다.

그리고 경기 후반부에 기동민에게 경기 흐름을 일정 부분 내준 것이 서진우의 체력이 고갈됐기 때문이라고 판단했는데.

서진우는 만족한 기색으로 씨익 웃고 있었다.

"계획대로 됐네요."

그리고 서진우가 웃으며 꺼낸 이야기를 들은 신복동이 두 눈을 치켜떴다.

"혹시… 의도했던 거야?"

"네."

"대체 왜……?"

"우승이 목표라고 말씀드렸지 않습니까?"

"……?"

"그리고 우승을 차지하기 위해서는 저에 대해서 최대한 감추는 편이 유리할 거라고 판단했습니다. 그래서 의도적으로 약점을 만들어 노출했죠."

신복동이 혀를 내둘렀다.

'신인… 맞아?'

대회에 첫 출전 하는 신인이자 아마추어.

서진우의 현 포지션이었다.

그런데 지금 대화를 나누고 있는 서진우는 전혀 신인답게 느껴지지 않았다.

데뷔전의 경기 플랜만 짠 것이 아니라, 대회 우승이란 목표를 달성하기 위한 대회 플랜까지 짜서 경기에 임하고 있었으니까.

'내가 미안해질 정도로 할 게 없군.'

원래 이런 경기 플랜과 대회 플랜을 수립하는 것이 코치의 역할.

그런데 신복동이 나서기도 전에 서진우는 알아서 척척 해내고 있으니 딱히 할 일이 없었다.

'이러다가… 진짜 우승하는 것 아냐?'

신복동이 속으로 생각할 때, 서진우가 웃으며 덧붙였다.

"이제 네 번만 더 이기면 우승이네요."

*　　　　*　　　　*

16강전 상대는 고영일.

실업 팀인 부경 시청 소속 선수였다.

그는 우승 후보로는 꼽히지 못했지만 백전노장이었다.

"경기 전략은 뭐냐?"

경기 시작 전, 신복동이 물었다.

"관장님이 먼저 경기 전략을 짜서 알려 주셔야 하는 것 아
닙니까?"

내가 웃으며 반문하자, 신복동이 고개를 가로저었다.

"원래라면 그게 맞지만 이번엔 예외야."

"왜 예외인 겁니까?"

"아직 선수 파악을 제대로 못 했거든."

신복동이 한숨을 내쉬며 대답했다.

고영일에 대한 파악을 못 했다는 뜻이 아니었다.

본인이 지도한 나에 대한 파악을 못 했다는 뜻이었다.

'자책하실 필요 없습니다. 제대로 파악하는 게 오히려 이상
한 겁니다.'

그런 신복동에게 내가 속으로 말했다.

신복동이 제자라고 할 수 있는 나에 대해 완벽하게 파악하
지 못한 이유는 태극일원공 때문이었다.

무휼에게서 전수받은 태극일원공의 효능은 엄청났다.

그런 이유로 신복동이 기동민과의 데뷔전에서 승리를 거둔
나에 대한 판단을 보류한 것이었고.

"속전속결입니다."

잠시 후, 내가 고영일과의 일전을 앞두고 짠 게임 플랜을 밝히자, 신복동이 두 눈을 빛냈다.

"그렇게 게임 플랜을 짠 이유는?"

"상대가 백전노장이니까요."

"신중하게 접근할 거다?"

'말은 잘 통한단 말이야.'

내가 속으로 생각하며 다시 입을 뗐다.

"제가 첫 경기에서 우승 후보 중 한 명으로 꼽혔던 기동민을 상대로 승리했기 때문에 고영일은 잔뜩 경계한 채 경기에 나설 겁니다. 그리고 저에 대한 정보가 거의 없는 상황이기 때문에 섣불리 공격을 하지 않고 신중하게 접근할 확률이 높다고 판단했습니다. 그래서 이번에는 초반부터 공격적으로 나가기로 했습니다."

"나쁘지 않군. 아니, 아주 좋아."

신복동은 내가 짠 게임 플랜에 만족감을 표했다. 그리고 조언을 더했다.

"가능하면 승부를 길게 가져가지 않았으면 좋겠다."

"알겠습니다."

내가 알겠다고 대답하자, 신복동이 의아한 시선을 던지며 물었다.

"이유는 안 궁금해?"

"대충 짐작했습니다. 우승에 대한 욕심이 생기신 것 아닙니까?"

신복동이 승부를 길게 가져가지 않았으면 좋겠다고 조언한 이유는 나에 대한 정보를 최대한 감추길 바라기 때문이었다.

준결승, 더 나아가 결승에서 만나게 될 강자들과 대결을 하기 전에 내 실력이나 전력이 완전히 노출되지 않길 바라는 마음이 클 터.

이것이 내가 우승하길 바라는 욕심이 생겼다고 짐작한 이유.

그런 내 짐작이 정확했을까.

신복동이 절레절레 고개를 흔들며 말했다.

"괜히 한국대학교 법학과 들어간 게 아니네."

* * *

하아, 하아.

헬멧을 벗은 신도훈이 가쁜 숨을 몰아쉬었다.

최종 스코어 15 대 13.

신도훈은 치열한 접전 끝에 상대 선수에게 신승을 거두었다.

"진짜… 지는 줄 알았어요."

"아니, 난 도훈이 네가 이길 줄 알았어."

"저, 잘했죠?"

"그래, 잘했다. 진짜 잘했다."

김상백이 신도훈을 힘껏 끌어안았다.

선수 시절에 경기에서 승리했을 때보다, 자신이 지도한 제자인 신도훈이 경기에서 승리를 거둔 것이 더 기뻤다.

그래서 한참을 기뻐하던 김상백이 다른 경기가 열리는 곳을 향해 고개를 돌렸다.

남자 사브르 8강전 경기.

서진우와 유인석이 펼칠 경기가 궁금해서 꼭 지켜보고 싶었다.

그러나 오산 시청 소속 선수인 신도훈이 펼친 경기가 길게 이어진 탓에 이미 경기가 시작된 후였다.

'중반쯤 진행됐으려나?'

대충 시간을 가늠하며 스코어를 확인했던 김상백이 두 눈을 크게 떴다.

14 대 2.

경기 스코어가 일방적으로 진행되고 있다는 사실을 확인했기 때문이었다. 그리고 서진우는 이미 전의를 상실한 유인석을 상대로 베기 공격을 성공시키며 마지막 포인트까지 가볍게 획득했다.

'준결승에… 진출했다?'

*   *   *

"그 녀석 말로는 일단 국가 대표가 되는 게 목표라고 하더군. 그리고 이번 대회에서는 우승이 목표라고 하더군."

신복동이 자신에게 건넸던 이야기.

당시만 해도 농담이라 여겼었다.

그런데 서진우가 준결승 진출을 확정지은 지금은 생각이 바뀌었다.

"어쩌면… 진짜 우승을 차지할 수도 있겠는데?"

기동민과 고영일, 유인석.

서진우가 차례로 꺾은 선수들이었다.

기동민은 유력한 우승 후보 중 한 명으로 꼽혔던 선수.

그리고 고영일과 유인석도 절대 만만한 선수가 아니었다.

그런데 서진우는 이 선수들을 상대로 모두 승리를 거뒀을 뿐만 아니라, 경기 내용도 압도적이었다.

15 대 4.

15 대 3.

15 대 2.

큰 스코어 차에서 알 수 있듯이 서진우는 일방적으로 연거푸 승리를 거뒀다.

'대체 어디서 저런 선수를 구했을까?'

김상백이 내심 감탄하며 신복동을 바라보았다.

경기가 워낙 일방적이어서일까.

아니면, 서진우가 유인석을 상대로 승리를 거둘 것에 대한 확신이 있어서일까.

경기 승리를 축하해 주는 신복동의 표정은 담담했다.

"이번엔 달라야 할 텐데."

신복동이 펜싱계를 쓸쓸히 떠났던 이유에 대해서 잘 알고 있는 김상백이 바람을 담아서 혼잣말을 꺼냈다.

*   *   *

남자 사브르 개인전 결승.

구병길이 원래 예상했던 결승 상대는 기동민이었다.

그러나 결승 상대로 결정된 것은 서진우였다.

"긴장할 것 없어. 상대는 아마추어니까. 잘 알다시피 그냥 운이 좋아서 여기까지 올라온 거야."

결승전을 앞두고 조언을 하는 윤규엽 감독은 긴장한 기색이었다.

이변을 연출하며 결승까지 진출한 서진우에 대한 경계심 때문이리라.

그런 그에게 구병길이 말했다.

"긴장은 저보다 감독님이 더 하신 것 같은데요."

"응?"

"그리고 운이 좋았던 것 아닙니다. 운만으로 대회 결승까지 오르는 것이 가능할 리가 없으니까요."

프로와 아마추어의 격차는 크다.

아마추어 선수가 프로 선수를 제압했다는 것.

그 아마추어 선수가 이미 프로 선수 못지않은 기량을 갖추었다는 증거였다.

게다가 프로 선수를 제압한 것이 한 번이 아니라 여러 번이라면, 이미 운의 영역은 벗어났다고 봐야 했다.

"아주 오래간만에… 흥분이 되네요."

남자 사브르 종목 국내 랭킹 1위인 구병길과 다른 선수들 간의 기량 차는 컸다.

국내 랭킹 2위에 올라 있는 이민상과의 준결승전에서 15 대 6의 큰 스코어 차로 낙승을 거둔 것이 그 증거.

만약 결승 상대가 기동민이었다면, 구병길은 전혀 흥미를 느끼지 못했으리라.

그러나 결승 상대가 서진우로 바뀌었기에 구병길은 흥분이 됐다.

'어떤 경기 플랜을 짜야 할까?'

경기 전 상대 선수에 따라서 경기 플랜을 미리 짜는 것이 당연했다.

그런데 이번엔 예외였다.

결승전을 앞두고 경기 플랜을 짜는 것부터 쉽지 않았다.

결승 상대인 서진우가 베일에 가려진 상태나 마찬가지였기 때문이었다.

물론 서진우가 결승에 오르기까지 치른 경기들을 살펴보기는 했지만 전부 살피기는 역부족이었다.

구병길 역시 계속 경기를 치러야 했기 때문이었다.

그래서 구병길은 윤규엽 감독에게 도움을 청했다.

"서진우는 어떤 선수인가요?"

"모르겠어."

"네?"

"음, 팔색조 같은 느낌이야."

"……?"

"경기마다 플레이 스타일이 전부 달랐거든."

윤규엽 감독이 난감한 표정으로 덧붙였다.

"그래서 결승에서 어떤 전략을 갖고 나올지 감을 잡기 힘들어. 그래서 경기 플랜을 수립하는 것도 쉽지 않아."

그 이야기를 들은 구병길이 대답했다.

"그럼 어쩔 수 없네요."

"어쩔 수 없다니?"

"경기 플랜 없이 경기에 나서야죠."

윤규엽 감독이 당황했을 때, 구병길이 덧붙였다.

"이럴 땐 내가 가장 잘하는 걸 해야죠."

"엉가르!"

심판이 준비하라는 지시를 내렸다.

"알레!"

경기 시작을 알린 순간, 구병길이 지체 없이 공격을 개시했다.

'선수비 후 역습!'

경기 영상을 분석해서 구병길의 플레이 스타일에 대해서는 이미 파악을 마친 상황.

난 미리 짰던 경기 플랜대로 사브르를 들어 올려 구병길의 베기 공격을 막은 후 역습을 펼쳤다.

푹.

퍼억.

1차 베기 공격이 막힌 후 구병길이 연계한 찌르기 공격이 내 왼쪽 어깨를 찌른 것과 내가 휘두른 사브르가 그의 옆구리를 때린 것은 거의 동시였다.

그러나 전광판에는 붉은색 불이 들어와 있었다.

'내가… 늦었다?'

0 대 1.

이번 대회에 참가 후 치른 경기에서 선취점을 빼앗긴 것은 이번이 처음이었다.

이전 비슷한 상황에서는 내 공격이 더 빨랐지만, 이번에는 결과가 반대였다.

'공격이… 빨라!'

그리고 결과가 반대가 된 이유에 대해서 고민할 때였다.

"다른 선수들보다 리치가 더 길어!"

코치석에 앉아 있던 신복동이 소리치는 것이 귓가로 파고들었다.

'팔이 긴 편이야.'

구병길의 팔이 유난히 길다는 것을 확인한 내가 가볍게 고개를 끄덕였다.

"알레!"

다시 경기가 재개된 순간, 구병길이 선제공격을 펼쳤다.

채앵.

아까와 같은 양상으로 상황이 전개됐다.

선수비 후 역습.

구병길의 베기 공격을 막아 낸 후 난 역습을 노렸다.

아까와 달라진 점은 딱 하나.

역습으로 베기 공격이 아니라 찌르기 공격을 시도했다는 것이었다.

베기 공격보다 찌르기 공격이 조금 더 빨랐기 때문.

푹.

푹.

사브르 끝이 서로에게 닿은 것은 이번에도 거의 동시였다.

'동시타!'

난 최소 동시타라고 판단했지만, 전광판에는 이번에도 빨간 불이 들어와 있었다.

'왜… 늦었지?'

이번에는 내 공격이 늦었던 이유를 파악하기 힘들었다. 그리고 답을 찾아내기도 전에 경기가 계속 이어졌다.

0 대 5.

순식간에 경기는 다섯 점 차로 벌어졌고, 난 경기 전략을 바꿀 수밖에 없었다.

선수비 후 역습이란 전략을 버리고, 공격으로 맞불을 놓았다.

그리고 전략을 바꾼 효과는 있었다.

3 대 8.

서로 한 점씩을 주고받는 사이 구병길이 먼저 8점을 획득했다.

작전 타임 시간이 돼서 의자에 걸터앉은 내게 신복동이 다가왔다.

"왜… 제가 늦죠?"

내가 질문하자, 신복동이 바로 대답했다.

"경험과 기술의 차이 때문이지."

"……?"

"구병길의 장점은 발 기술이야. 스텝이 워낙 좋기 때문에 거리 조절을 잘해. 그래서 동시타가 된 것 같지만, 마지막 순간에 뒤로 물러나면서 공격을 허용할 부위의 상체를 뒤로 젖힐 줄 알아. 그것 때문에 네 공격이 조금 늦게 되는 거야."

신복동의 설명 덕분에 내 공격이 조금씩 늦는 이유를 알게 된 후 다시 질문했다.

"그럼 어떻게 해야 할까요?"

"져야지."

"네?"

"지금 네 실력으로는 감당할 수 없는 상대를 만났으니까."

신복동이 담담한 목소리로 덧붙였다.

"이번 대회에서 준우승을 차지한 것만으로도 기적이나 마찬가지라고 생각한다. 좀 더 경험과 기술을 쌓으면 그때는 구병길이란 큰 산을 넘을 수 있을 거야."

이번 대회 준우승에 만족하자는 신복동의 이야기를 들었지만, 난 고개를 흔들었다.

승부욕이 끓어올랐기 때문이었다.

작전 타임이 끝났다.

"알레!"

다시 경기가 시작된 순간, 맞공격이 이어졌다.

7 대 11.

서로 점수를 주고받는 상황이 이어졌고, 경기가 후반부로 접어든 순간에 난 호흡을 가다듬었다.

"알레!"

'선수비 후 역습!'

난 경기 전략을 다시 바꾸며 마지막 승부수를 띄웠다.

＊　　　　＊　　　　＊

'맞공격이… 아니다?'

한 점씩을 주고받는 공방전 끝에 자신의 우승으로 결승전이 끝날 거라고 구병길은 판단했다.

서진우는 프로급 실력을 갖추었지만 경험 부족이란 약점을 갖고 있는 선수.

그래서 결승전 경기가 치러지는 중에 어떤 돌파구를 찾아내지 못하고 경기가 끝날 거라 예상했는데.

경기가 후반으로 접어든 순간, 서진우는 또 한 번 전략을 바꾸었다.

채앵.

선수비를 한 후 역습을 시도했다.

'이미 겪은 패턴!'

그러나 이미 한 번 겪어 본 패턴이었다.

그래서 구병길은 베기 공격이 막힌 순간, 당황하지 않고 찌르기 공격으로 연계했다.

푹.

푹.

서로의 공격이 타격된 순간, 구병길은 자신의 승리를 확신했다.

그러나 전광판에 들어와 있는 청색 불을 확인하고서 처음으로 당황했다.

'왜… 실점했지?'

경기 초반과 달라진 것은 없었다.

서진우는 끈질기게 자신의 왼쪽 어깨를 노렸고, 구병길은 그 전략을 이용했다.

서진우의 공격 루트는 정직했고, 어깨에 찌르기 공격이 들어오는 타이밍을 놓치지 않고 상체를 최대한 뒤로 젖혔다.

0.1초도 걸리지 않는 차이.

하지만 그 작은 차이가 승부를 가르는 법이다.

그래서 이번에도 승리를 확신했는데, 예상이 빗나갔다.

자신의 예상과 다른 승부 결과가 나온 순간 구병길은 혼란스러웠다.

"알레!"

그리고 예상과 다른 승부 결과가 나온 이유에 대한 답을 찾지 못한 상황에서도 경기는 계속 진행됐다.

11 대 11.

넉 점 차까지 벌어졌던 스코어는 금세 좁혀졌다.

동점을 허용한 순간, 구병길은 마침내 이유를 찾아내는 데 성공했다.

'스텝이었어!'

베기 공격에 이은 찌르기 공격.

같은 패턴의 공방이 이어졌음에도 경기 초반과 경기 중반에 승부 결과가 달라진 이유.

서진우가 내딛는 스텝이 한 뼘 더 안쪽으로 파고들었기 때문이었다.

그리고 하나 더, 서진우 역시 자신과 마찬가지로 공격을 허용하는 순간에 상체를 뒤로 젖히는 스킬을 사용해서였다.

'그새… 실력이 늘었다?'

결승전 경기를 펼치는 도중에 자신의 스킬을 간파하고, 그 스킬을 바로 활용하는 것.

펜싱에 대한 서진우의 재능이 무척 뛰어나다는 증거였다.

그래서 구병길은 흥미와 위기감을 동시에 느꼈다.

'바꾼다!'

"알레!"

승기가 넘어가는 것을 막는 것이 급선무라 판단한 구병길은 공격 패턴을 바꾸었다.

채앵.

베기 공격이 막힌 순간, 구병길은 찌르기 공격으로 연계하는 대신 한 발 뒤로 물러나며 재차 베기 공격을 시도했다.

슈욱.

서진우의 찌르기 공격을 흘리며 펼친 베기 공격이 서진우의 옆구리를 때렸다.

'됐다!'

11 대 12.

다시 리드를 잡는 데 성공한 구병길이 속으로 쾌재를 불렀다.

한 점을 올린 것이 다가 아니었다.

이번 공격 성공으로 구병길은 서진우에게 숙제를 안겼다.

그리고 서진우는 자신이 내준 숙제를 풀지 못했다.

같은 패턴의 공격에 잇따라 실점을 허용했다.

11 대 14.

'경험 부족!'

서진우의 운동 신경과 재능은 출중했지만, 경험 부족이란 약점은 단기간에 극복할 수 없는 부분이었다.

'끝났다!'

매치 포인트를 앞두고 이번 대회 우승은 자신의 차지라고 확신한 구병길이 준비 자세를 취했다.

"알레!"

그리고 마지막 포인트를 올리기 위해서 거침없이 베기 공격을 시도한 순간이었다.

챙.

서진우가 공격을 막았다.

슬쩍 한 발 뒤로 물러서던 구병길이 눈살을 찌푸렸다.

원래 계획은 사브르를 뒤로 빼내며 재차 베기 공격을 펼치는 것이었는데.

빙글.

서진우의 사브르가 원을 그리며 자신의 사브르를 놓아 주지 않았다.

채앵.

그로 인해 사브르를 빼는 것이 반박자 늦었다.

푹!

그사이 서진우의 사브르에 베기 공격을 허용한 순간, 구병길이 두 눈을 치켜떴다.

'콩트르 파라드?'

방금 서진우가 펼친 기술은 콩트르 파라드가 맞았다.

'이런 고급 기술을 시전할 줄 알고 있었다? 그런데… 지금까지 이 고급 기술을 감추고 있었다?'

서진우에게 새삼스러운 시선을 던지던 구병길의 입가로 미소가 번졌다.

'진짜… 재밌는 녀석이네.'

*　　　　*　　　　*

'콩트르 파라드?'

신복동이 두 눈을 부릅떴다.

11 대 14.

구병길에게 매치 포인트를 허용한 순간, 신복동은 서진우의 패배를 직감했다.

천부적인 운동 신경과 동물적인 감각으로 결승전에서 선전을 펼쳤지만, 구병길의 노련함을 넘어서기에는 역부족이란 판단을 내렸기 때문이었다.

그런데 절체절명의 순간에 서진우는 새로운 기술을 시전했다.

그 기술의 정체는 바로 콩트르 파라드.

검을 상대 검에 맞대어 원을 그리듯이 뿌리치는 고급 방어 기술이었다.

'콩트르 파라드를… 어떻게 구사한 거지?'

신복동은 서진우에게 콩트르 파라드 기술을 전수한 적이 없었다.

서진우가 처음 체육관으로 찾아왔을 당시, 협회장 배 펜싱 대회까지 남은 시간은 한 달여에 불과했다.

그래서 고급 기술을 전수하는 것보다는 기본기 위주로 연습을 시켰다.

그래서 콩트르 파라드라는 고급 기술에 대해서는 아예 알려 주지도 않았었다.

그런데 서진우는 결승전 경기에서 콩트르 파라드라는 고급 기술을 완벽하게 실전에서 사용했다.

그리고 콩트르 파라드를 잇따라 성공시키며 기어이 점수 차를 좁혔다.

14 대 14.

이제 한 점으로 우승이 갈리는 상황.

신복동이 잔뜩 긴장하고 있을 때, 양 선수가 동시에 움직였다.

'왜… 같은 패턴이지?'

구병길은 빼어난 기량에 노련함까지 갖춘 선수.

서진우의 콩트르 파라드 기술에 연속 실점을 허용했으니, 이번엔 경기 패턴을 바꿀 거라고 예상했다.

하지만 신복동의 예상과 달리 같은 패턴을 고집했다.

채앵.

서진우는 당연하다는 듯이 콩트르 파라드 기술을 펼쳤다.

맞닿은 사브르가 원을 그렸고, 서진우가 구병길의 사브르를 뿌리치고 찌르기 공격으로 전환했다.

푹.

펴억.

구병길이 베기 공격으로 서진우의 옆구리를 때렸지만, 너무 늦었다.

전광판에는 청색 불이 들어와 있었다.

'진짜… 우승을 차지했다!'

최종 스코어 15 대 14.

처음으로 대회에 출전한 서진우가 결승 상대인 국내 랭킹 1위 구병길을 접전 끝에 꺾고 대회 우승을 차지한 것.

엄청난 이변이었다.

그런데 정작 그 이변을 연출한 서진우는 담담했다.

신복동이 치미는 흥분을 감추지 못하고 서진우를 향해 달려갔다.

"이 자식, 넌 기쁘지도 않아?"

"별로 안 기쁩니다."

"왜 안 기뻐? 당연히 우승할 줄 알았다는 재수 없는 소리를 지껄이면 나한테 한 대 맞을 줄 알아."

"그래서가 아닙니다."

"그럼 왜……?"

"동정을 받았으니까요."

"동정… 이라니?"

신복동이 의아한 표정으로 질문한 순간, 서진우가 구병길을 바라보며 말했다.

"구병길 선수가 봐 줬습니다."

"확실해?"

"네, 확실합니다."

서진우가 담담한 목소리로 덧붙였다.

"그 이유를 알아봐야겠습니다."

*   *   *

구병길은 실업 팀 영흥 시청 소속 선수.

일단 그를 만나기 위해서 찾아왔지만, 막상 호칭이 애매했다.

선배님이라고 부르기도, 구병길 씨라고 부르기도 애매했기 때문이었다.

그래서 내가 잠시 머뭇거리고 있을 때, 구병길이 그 고민을 덜어주었다.

"선배라고 불러."

"네?"

"이번 협회장 배 펜싱 대회 우승자니까 내 후배가 될 자격은 충분하거든."

"그럼 선배님이라고 부르겠습니다."

"그렇게 해."

펜싱 헬멧을 벗고 사브르를 손에서 내려놓은 구병길의 인상은 선한 편이었다.

"패자에게 위로라도 해 주려고 찾아온 거야?"

Chapter. 2

"패자에게 위로라도 해 주려고 찾아온 거야?"

구병길이 웃으며 물었다.

"아닙니다."

"그럼 왜 찾아온 거야?"

"이유를 알고 싶어서 찾아왔습니다."

"이유? 무슨 이유?"

"결승전에서 일부러 제게 져 주신 것 같다는 확신이 있기 때문입니다."

내가 대답하자, 구병길이 픽 웃었다.

"운동 신경만 좋은 줄 알았는데 눈치도 빠르네."

"그 말씀은 일부러 져 주신 게 맞다는 뜻입니까?"

"그래."

"이유가 뭡니까?"

"욕심이 생겼거든."

구병길이 꺼낸 욕심이 생겼다는 대답에 담긴 의미를 제대로 파악하기 힘들었다. 그래서 의아한 시선을 던지고 있자, 그가 덧붙였다.

"널 국가 대표로 만들고 싶다는 욕심이 생겼어."

"……?"

"이번 대회에서 우승을 차지하든, 준우승을 차지하든 내게는 큰 의미가 없어. 이미 방콕 아시안 게임에 국가 대표로 출전할 포인트는 다 채운 상태이니까. 그런데… 넌 다르잖아."

구병길의 말은 사실이었다.

신복동의 설명대로라면 구병길은 이미 국가 대표로 방콕 아시안 게임에 출전하는 것이 확정된 상태였다.

반면 난 달랐다.

협회장 배 펜싱 대회에서 어떤 성적을 기록하느냐에 따라서 국가 대표로 선발될 가능성이 크게 달라졌다.

"난 국가 대표 선발전에 참가하지 않을 생각이야. 만약 네가 협회장 배 펜싱 대회에 이어서 국가 대표 선발전에서도 우승을 차지하면 방콕 아시안 게임 국가 대표로 선발될 가능성이 높지. 그래서 우승을 양보한 거야."

"제게 이런 호의를 베푸신 특별한 이유가 있습니까?"

"특별한 이유? 있지."

"뭡니까?"

"널 위해서가 아냐. 날 위해서야."

"……?"

"이번에 꼭 메달을 따고 싶거든."

구병길이 덧붙였다.

"아시안 게임에서 메달을 따기 위해서는 기동민보다는 네가 낫겠다고 판단했어."

'단체전을… 말하는 거구나.'

남자 사브르 종목의 경우 개인전과 단체전이 있었다. 그리고 구병길은 단체전 멤버로 기동민보다 내가 합류하는 편이 방콕 아시안 게임 펜싱 남자 사브르 종목 단체전에서 메달을 딸 가능성이 높다고 판단한 듯 보였다.

"그러니까 고마워할 것 없어. 아시안 게임에서 메달을 따고 싶다는 욕심 때문에 내가 결정한 선택이니까."

"선배님의 기대에 부응할 수 있도록 최선을 다하겠습니다."

구병길 못지않게 나 역시 방콕 아시안 게임 메달 획득이 절실히 필요했다.

그래서 최선을 다하겠다고 대답하자, 구병길이 조언을 건넸다.

"그런데 생각처럼 쉽지는 않을 거야."

"……?"

"분명히 견제가 들어올 테니까."

*　　　　　*　　　　　*

보글보글.

이현주가 가스레인지 앞에서 된장찌개를 끓이고 있을 때, 오승완이 서재 문을 열고 나왔다.

"잘 잤어?"

"아니, 한숨도 못 잤어."

아닌 게 아니라 오승완의 눈자위는 붉게 충혈돼 있었다.

그것을 확인한 이현주가 가스 불을 껐다.

"밤새웠으니까 입맛도 없겠네. 아침은 천천히 먹자. 커피?"

"좋지."

커피 두 잔을 내린 이현주가 식탁 앞에 오도카니 앉아 있는 오승완의 맞은편에 앉았다.

"왜 잠을 못 잤어?"

"당신 때문이지."

"나?"

"그 소설 읽어 보라고 한 게 당신이잖아."

오승완이 원망스러운 시선을 던지며 꺼낸 이야기를 들은 이현주가 떠올린 것은 '치명적인 그녀'라는 작품이었다.

"이상하네."

"뭐가?"

"그 작품, 아직 연재된 분량이 적잖아. 난 다 읽는 데 한 시간도 안 걸렸어. 그런데 왜 밤을 꼬박 새웠다는 거야?"

"당신 말처럼 읽는 데는 한 시간도 안 걸렸어. 그런데⋯ 자려고 누웠는데 자꾸 그림이 떠올라서 못 잔 거야."

"그림?"

"소설 내용이 자꾸 그림으로 떠올랐어. 야, 이거 영상으로 찍으면 재밌겠단 생각이 들어서 계속 머릿속으로 떠올리다가 밤을 꼬박 새웠지."

'연출에 대한 욕심이 생겼다는 뜻이네.'

오승완의 말뜻을 이해한 이현주가 고개를 끄덕였을 때였다.

"역시 세상은 넓고 숨은 고수는 많구나."

오승완이 연기자처럼 과장된 톤으로 말했다.

"무슨 뜻이야?"

"내가 좋아하는 중국 무협 영화에 등장하는 대사야. 그리고 새삼 그 대사가 맞다는 사실을 깨달았어."

"⋯⋯?"

"아마추어 작가가 장난삼아 연재하는 글이 재밌으면 얼마나 재밌겠어? 아까운 시간만 괜히 낭비하는 게 아닐까? 이런 생각을 은연중에 갖고 글을 읽기 시작했는데⋯ 깜짝 놀랄 만큼 재밌더라고. 그래서 세상에는 은둔 고수들이 참 많다는 생각을 했지."

"실은 나도 비슷한 생각을 했어."

이현주가 맞장구를 쳤다.

서진우에게서 '치명적인 그녀'라는 연재소설을 소개해 주었을 때만 해도, 반신반의하는 감정이 있었다.

오승완과 비슷한 생각을 했기 때문이었다.

그렇지만 다른 사람이 아닌 서진우가 추천한 작품이기에 어느 정도 기대를 갖고 작품을 읽기 시작했는데.

'치명적인 그녀'라는 연재소설을 다 읽고 난 다음에는 깜짝 놀랐다.

시간이 금방 지나가 버렸기 때문이었다.

'더 보고 싶다!'

그리고 연재분이 더 없다는 사실로 인해 짜증이 치밀었을 정도였다.

그때, 오승완이 커피를 한 모금 마신 후 말했다.

"서진우 대표가 더 대단하게 느껴졌어."

"왜 대단하게 느껴진 거야?"

"은둔 고수를 찾아내는 안목을 지녔으니까."

오승완이 꺼낸 대답을 들은 이현주가 부지불식간에 고개를 끄덕였다.

'치명적인 그녀'라는 작품이 연재되고 있는 사이트는 유명 사이트가 아니었다.

게다가 '치명적인 그녀'는 총 연재 회차가 15회에 불과했다.

그래서 작품의 조회 수가 높은 편도 아니었고, 큰 주목을 받고 있는 것도 아니었다.

그럼에도 불구하고 서진우는 '치명적인 그녀'라는 작품을 이미 알고 있었다.

아니, 단순히 알고 있는 게 전부가 아니었다.

차기작으로 점찍은 작품이라고 소개했었다.

"천재는 천재를 알아보는 게 아닐까?"

그때 오승완이 다시 말했다.

그 이야기를 들은 이현주가 웃으며 물었다.

"내가 천재란 뜻이지?"

"응?"

"아까 천재는 천재를 알아본다면서? 천재인 서진우 대표가 동업자로 날 점찍은 것, 내가 천재란 걸 알아봐서가 아닐까?"

"이야기가 또 그렇게 되나?"

오승완이 실소를 터뜨린 순간, 이현주가 다시 물었다.

"천재라면 양심도 있어야겠지?"

"양심? 갑자기 왠 양심 타령이야?"

"실은 서 대표가 이번에는 공동 제작에서 빠지겠다는 의사를 밝혔어."

이현주가 꺼낸 이야기를 들은 오승완이 놀란 표정을 지었다.

"왜? 혹시… 두 사람 싸웠어?"

"그런 것 아냐."

"그럼 왜 서 대표가 공동 제작에서 빠지겠다고 한 건데?"

"미안해서래."

"미안해서라니?"

"급한 용건이 생겨서 한동안은 영화 쪽 일에 신경 쓸 수 없을 것 같은데 차기작에 공동 제작자로 이름을 올리는 것은 너무 미안하고 양심에도 걸린대."

"그래서?"

"응?"

"그래서 냉큼 알았다고 대답했어?"

"아직 고민 중이야. 그런데… 방금 결론을 내렸어."

이현주가 솔직히 대답한 순간, 오승완이 급흥미를 드러냈다.

"어느 쪽으로 결론을 내렸는데?"

"'치명적인 그녀'라는 작품을 레볼루션 필름과 공동 제작하기로."

"공동 제작 쪽으로 마음이 기울어진 이유는 뭔데?"

"당신 때문이야."

"나? 내 비난이 두려워서 공동 제작 하기로 결정했단 뜻이야?"

"그런 것 아니거든."

"그럼?"

"아까 은둔 고수를 찾아내는 서진우 대표의 능력이 대단하다고 당신이 그랬잖아. 숨어 있던 좋은 작품을 찾아낸 것만으로도 서진우 대표는 공동 제작자로 이름을 올릴 자격이 충분하단 생각이 들었어."

"그동안 전혀 몰랐네."

"뭘 몰랐단 거야?"

"당신이 이렇게 양심을 갖춘 제작자인 줄 몰랐어."

"그동안 함께 산 시간이 헛된 것은 아니었네."

"응?"

"당신이 나에 대해서 잘 안다는 뜻이야. 실은 공동 제작을 하기로 결심한 데는 한 가지 이유가 더 있어."

"그 이유가 뭔데?"

"황금알을 낳는 거위의 배를 가르는 우를 범하고 싶지 않아서."

서진우는 보기 드문 천재.

그리고 서진우와 공동 제작을 시작한 후, 유니버스 필름은 승승장구하고 있었다.

그런데 작은 욕심에 눈이 멀어서 서진우와의 관계가 틀어지거나 끊기는 것이 손해라고 이현주는 판단했다.

그때, 오승완이 웃으며 말했다.

"결혼 잘했네."

"갑자기?"

"현명한 여자와 결혼했으니까."

"잘 선택했다는 뜻이지?"

"그래, 잘 선택했어."

오승완이 지체 없이 대답한 후 다시 입을 뗐다.

"그런데 서진우 대표는 대체 뭘 하려는 걸까? 사법 고시 준비를 본격적으로 시작하려는 건가?"

"사법 고시?"

"한국대학교 법학과 학생이잖아. 이제 슬슬 사법 고시 준비를 시작할 때가 됐잖아."

오승완의 이야기는 일리가 있었다.

그럼에도 불구하고 이현주가 살짝 당황한 이유.

서진우가 한국대학교 법학과 학생이란 사실을 까맣게 잊고 있었기 때문이었다.

'서진우 대표가 한국대학교 법학과 학생이란 사실을 자꾸 잊어버리네.'

이현주가 속으로 생각하며 제안했다.

"이제 밥 먹을까?"

*　　　　　*　　　　　*

이현주와 유니버스 필름 근처 카페에서 만나기로 했다.

약속 시간에 딱 맞춰서 카페에 도착했을 때, 이현주 대표는 이미 도착해서 날 기다리고 있었다.

"일찍 도착하셨네요."

내가 인사하자, 이현주 대표가 반가움의 표시로 손을 번쩍 들어 올렸다.

"서 대표한테 확인할 게 있어서 마음이 좀 급했거든."

"확인할 것이요? 뭡니까?"

"그건 나중에. 일단 앉아서 계약서부터 쓰자고."

"계약서… 요?"

"우리가 무척 친한 사이이긴 하지만 공과 사는 구분해야지. 그래도 계약서는 있어야 깔끔하지 않겠어?"

이현주 대표가 대답을 하면서 탁자 위에 서류 봉투를 올려 놓았다.

난 더 질문하는 대신 서류 봉투 속 내용물을 살폈다. 그리고 '치명적인 그녀'라는 작품의 공동 제작을 위한 계약서라는 것을 확인한 내가 이현주 대표에게 의아한 시선을 던졌다

"'치명적인 그녀'는 유니버스 필름에서 단독 제작 하시라고 이미 말씀드렸는데요?"

"나도 알아."

"그런데 왜 공동 제작을 하시려는 겁니까?"

"이게 맞는 것 같아서."

"……?"

"내가 좀 양심적이거든. 솔직히 말해서 이번에는 유니버스 필름 단독 제작 해서 큰돈 한번 벌어 볼까 하는 욕심이 살짝 들긴 했는데… 그러지 않기로 했어."

"하지만……."

"서 대표, 내 맘 변하기 전에 계약서에 서명부터 해."

"정말… 괜찮으십니까?"

"뭐야? 돈 벌게 해 준다는 데도 싫은 거야?"

"그건 아니지만……."

"이 작품 터질 거야. 아니, 무조건 터져. 그러니까 빨리 계약서에 서명해. 그리고 정 마음에 걸리면… 한 가지 일만 더 해 줘."

"뭘 더 하란 말입니까?"

"이건우란 작가와 판권 계약을 맺는 것까지만 도와줘."

이건우는 '치명적인 그녀'라는 작품을 연재하고 있는 작가.

그와 판권 계약을 맺는 것을 도와 달라는 이현주 대표의 제안을 듣고 내가 잠시 고민하고 있을 때였다.

"실은 이건우 작가를 이미 만나 봤어."

"벌써 만나 보셨습니까?"

"응."

"그런데 왜 아직 판권 계약을 안 맺은 겁니까?"

"자신이 없대."

"무슨 자신이 없다는 겁니까?"

"이 작품을 완결시킬 자신 말이야. 그냥 취미처럼 장난삼아서 시작한 연재인데 갑자기 영화 판권을 팔라고 하니까 덜컥 겁을 내는 것 같아."

'그럴 수도 있겠네.'

이건우는 등단 작가가 아니었다.

그의 말처럼 취미 삼아 소설 연재를 시작한 상황.

그런데 연재를 시작한 지 얼마 지나지 않아서 갑자기 영화 제작자가 찾아와서 판권을 팔라고 제안했으니 무척 당황했을 것이었다.

그로 인해 덜컥 겁이 나기도 하고 중압감도 클 터였다.

"이건우 작가가 일단 그렇게 얘기를 하고 있기는 한데… 정확히 뭘 원하고 있는지를 나도 잘 모르겠어. 그래서 답답해 죽겠어."

그때 이현주 대표가 하소연하듯 덧붙였다.

'뭔가 이유가 더 있다?'

이렇게 짐작한 내가 결정을 내리고 입을 뗐다

"그럼 판권 계약까지만 관여하겠습니다."

그리고 판권 계약까지만 관여하겠다는 내 이야기를 들은 이현주 대표가 기뻐하며 호기심을 드러냈다.

"서 대표, 이건우 작가를 어떻게 설득할 건데?"

"아직 특별한 계획은 없습니다. 만나 보고 나면 어떤 방법이 떠오르겠죠."

"그럼 바로 만날까?"

"바로요?"

"응, 지난번에 영화사가 어떻게 생겼는지 무척 궁금하다고 하더라고. 그래서 언제든지 찾아오라고 했거든. 지금 연락하면 바로 달려올 것 같은데?"

"그럼 그렇게 하시죠."

카페를 나와서 유니버스 필름 사무실로 향했다. 그리고 약 30분쯤 흘렀을 때, 노크 소리가 들렸다.

"들어와요."

잠시 후 문이 열리고 청바지와 하늘색 티셔츠를 입은, 얼굴이 앳된 남자가 들어왔다.

"안녕하세요?"

"어서 와요. 또 만나니까 더 반갑네요."

이현주 대표가 넉살 좋게 인사를 건넨 후, 엉거주춤하게 선 채 사무실을 둘러보며 살피는 이건우에게 물었다.

"실망했어요?"

"네?"

"영화사 사무실이 기대했던 것보다 훨씬 초라해서 실망한 것 아닌가 하는 생각이 들어서요."

"그게… 아닙니다."

'표정 관리를 못 하네.'

이현주 대표와 대화를 나누는 이건우를 살피던 내가 속으로 한 생각이었다.

말로는 실망한 게 아니라고 대답했지만, 그의 표정에는 실망한 기색이 역력했기 때문이었다.

"참, 지난번에 얘기를 나눴던 판권 계약 건에 대해서는 고민 좀 해 봤어요?"

"그게… 아직 결정을 못 내렸습니다."

"가장 마음에 걸리는 게 뭐죠?"

"그때도 말씀드렸지만… 자신이 없어서요."

이건우가 대답하며 내 쪽으로 고개를 돌렸다.

"그런데 이분은 누구십니까? 영화사 직원이신가요?"

"아, 소개가 늦었네요. 직원이 아니라 동업자예요."

"동업자… 요?"

이현주가 날 동업자라고 소개하자, 이건우가 놀란 표정으로 바라보았다.

"레볼루션 필름 서진우 대표예요. 저와 함께 '텔 미 에브리씽'과 'IMF', '끝까지 잡는다'라는 작품을 공동 제작 했죠."

"무척 어려 보이시는데……."

"대학생이에요."

"대학생이요?"

"현재 한국대학교 법학과에 재학 중이죠."

이현주 대표가 날 대학생이라고 소개하자, 이건우가 더욱 놀란 표정을 지었다.

더 기다리지 않고 내가 나섰다.

"이건우 작가님은 지금 무슨 일을 하고 있으신가요?"

그리고 현재 무슨 일을 하고 있느냐고 묻자, 이건우는 당황한 기색이 역력했다.

"저는… 작가라고 불릴 자격이 없습니다. 그리고 현재 저는 작은 잡지사에 다니고 있습니다."

"글을 쓰시고 계시니 작가님이라고 불릴 자격이 있으시죠."

"하지만……."

"혹시 대학에서 무엇을 전공했는지 여쭤봐도 실례가 되지 않을까요?"

"…문예 창작을 전공했습니다."

이건우가 문예 창작을 전공했다고 대답했다.

그렇지만 그 대답을 꺼내는 이건우는 부끄러운 듯 얼굴을 붉혔다.

"아직 등단은 못 했습니다."

그리고 굳이 묻지 않았던 것까지 털어놓았다.

'열등감!'

이 짧은 대화를 통해서 지금 그의 마음속을 잠식하고 있는 감정을 파악한 내가 다시 입을 뗐다.

"아까 이현주 대표님이 설명하신 대로 저는 한국대학교 법학과에 재학 중입니다. 그렇지만 사법 고시를 치르지 않을 생각입니다."

"네? 왜… 사법 고시를 치르지 않을 생각입니까?"

내가 사법 고시를 치르지 않을 거라고 밝히자, 이건우는 당황한 기색이 역력했다.

한국대학교 법학과에 입학했으면 당연히 사법 고시를 치러서 검사나 판사, 변호사 같은 법조인이 돼야 한다는 인식을 갖고 있기 때문이었다.

"법학과에 진학했으니 꼭 사법 고시를 치르고 합격해서 법조인이 돼야 한다는 것, 일종의 고정 관념이라고 생각합니다."

"고정 관념… 이요?"

"문예 창작과에 진학했으니 등단에 성공해서 작가의 길을 걸어야 한다는 것 역시 고정 관념이라고 생각합니다."

"하지만… 등단을 못 하면 실패자라는 낙인이 찍힙니다."

이건우가 어두운 표정으로 꺼낸 이야기.

그런 그를 향해 내가 다시 물었다.

"혹시 대학교 동기분들 중에 등단한 작가가 있습니까?"

"네, 꽤 있습니다."

"그 동기분들 중에 가장 성공한 분이 누구입니까?"

"윤철이, 아니, 조윤철 작가가 가장 성공했습니다. 얼마 전에 출판사 들불에서 장편 소설도 발간했으니까요."

이건우가 부러운 표정으로 대답한 순간, 내가 이현주 대표에게 물었다.

"이 대표님, 혹시 조윤철 작가에 대해서 알고 계십니까?"

내 질문을 받은 이현주 대표가 어깨를 으쓱하며 대답했다.

"처음 들어 보는데."

"'그 계절의 비밀'이란 장편 소설을 발간한 조윤철 작가를 정말 모르십니까?"

"전혀요."

이건우는 당황한 표정으로 다시 물었다.

"어떻게… 조윤철 작가를 모를 수가 있죠?"

*   *   *

동진대학교 문예 창작학과에 합격했을 때, 이건우는 작가로서의 삶을 꿈꿨다.

'난 글쓰기에 재능이 있다.'

이런 확신을 갖고 있었기에 금방 등단할 수 있을 거란 믿음도 있었고.

하지만 등단은 예상처럼 쉽지 않았다.

동기들이 한 명 두 명 공모전에 입상해서 등단을 하는 경우가 늘어나자, 이건우는 점점 초조해졌다.

그리고 끝내 등단하지 못하고 대학을 졸업한 순간, 이건우는 좌절감에 휩싸였다.

특히 자신의 라이벌이라고 여겼던 조윤철이 국내에서 가장 권위 있는 문학상에 입상해서 등단에 성공하고, 출판사 들불에서 장편 소설을 발간한다는 소식을 접하고 난 후 이건우는 열등감에 사로잡혔다.

그래서 더 이상 등단에 목매지 않고 작은 잡지사에 취직했다.

그렇게 월급쟁이 생활을 시작했지만, 글쓰기에 대한 욕구는 좀처럼 사그라들지 않았다.

그래서 퇴근 후에 짬이 나는 대로 틈틈이 소설을 써서 공모전에 응모했지만, 당선 소식은 들려오지 않았다.

'난 재능이 없었던 거구나.'

졸업한 후에도 등단에 계속 실패하게 된 후, 이건우는 더 이상 소설을 쓰지 않았다.

회사와 집만 오가는 생활을 하던 어느 날, 유명 패션 회사 임원인 유원경의 인터뷰를 편집하는 업무를 맡게 됐다.

그 인터뷰 내용을 편집하던 중, 유원경이 현재 결혼해서 함께 살고 있는 남편과의 연애 시절 러브 스토리를 언급한 부분이 흥미를 잡아끌었다.

— 남편의 매력 포인트요? 음, 남편은 연애를 할 때 이상하리만치 제가 시키는 대로 다 했어요. 지금 생각해 보면 말도 안 되는 요구를 할 때도 다 수용해 줬어요. 그런 자상한 면에 반해서 결국 결혼했죠. 이제 와서 남편한테 그때 왜 그렇게 이상한 것을 요구해도 다 들어줬느냐고 물어봤는데 제가 하는 말도 안 되는

요구를 들어주는 것이 나름 재미가 있었대요. 말 그대로 천생연분인 셈이죠. 아마 그런 남편을 만나지 못했다면 전 지금까지도 결혼을 못 하고 혼자 살고 있었을 거예요.

그 인터뷰 내용을 편집하다가 퍼뜩 '치명적인 그녀'라는 작품의 소재를 떠올렸다.

그런데 문제는 이 작품을 소설로 집필해서 공모전에 응모한다고 해도 수상 가능성이 무척 희박하다는 점이었다.

기존의 소설 작법과는 전혀 궤가 다른 소설 작품이었기 때문이었다.

그래서 '치명적인 그녀'의 집필을 포기할까에 대해서 한참 고민하다가 회사 회식 후에 충동적으로 집필을 시작했다.

술기운의 영향이 컸다.

그렇게 집필을 시작한 후 이건우는 연재 사이트를 발견했다.

어차피 등단을 목표로 쓴 작품이 아니었기에, 그냥 다른 사람들한테 작품을 읽게 만들고 싶다는 욕심 때문에 연재를 시작했다.

하지만 큰 인기나 반향은 없었다.

—재미 솔솔.
—이거 본인 이야기?

―그냥 미친 여자 이야기.

―이 여자 제정신이냐?

―난 이 여자가 도무지 이해가 안 되네. 그런데 소설은 재밌음.

간혹 댓글이 달렸고, 그 댓글을 보는 재미가 쏠쏠한 편이긴 했다.

그러던 어느 날, 예상치 못했던 사건이 벌어졌다.

바로 영화 제작자인 이현주가 '치명적인 그녀'라는 작품의 영화 판권을 사겠다며 연락을 해 온 것이었다.

이현주가 제시한 영화 판권 금액은 오백만 원.

이건우의 입장에서는 큰돈이었다.

그렇지만 영화 판권을 넘기는 계약서에 바로 서명하지 않았던 이유는… 그다지 내키지 않아서였다.

'나는 소설가다!'

이건우는 소설가로 명성을 떨치고 싶었다.

소설가로서 성공에 있어서 어떤 갈증이 있다고 표현하면 적당할까.

그래서 영화에는 전혀 관심이 없었다.

그런데 서진우를 만나서 대화를 나누던 도중 이건우는 커다란 충격을 받았다.

우선 서진우가 대학생이라는 것이 이건우에게는 충격이

었다.

이현주 대표에 대해서는 조사해 봤기에 흥행작인 '텔 미 에브리씽'과 'IMF', '끝까지 잡는다'의 공동 제작자라는 것은 이미 알고 있었다.

그런데 이현주 대표와 함께 세 편의 흥행작을 공동 제작 했던 레볼루션 필름의 대표인 서진우가 대학생이란 것은 처음 알게 됐다.

그리고 아직 대학 재학생인 서진우가 흥행작을 잇따라 배출한 영화 제작자라는 사실을 알고 나자 놀랍다는 생각과 부럽다는 생각이 동시에 들었다.

또 하나 충격적인 것은 서진우가 사법 고시를 치르지 않겠다고 말한 점이었다.

서진우가 재학 중인 한국대학교 법학과는 대한민국 최고의 수재들만 모인 곳이었다. 그리고 한국대학교 법학과를 졸업한 후 사법 고시에 합격해서 법조인의 길을 걷는 것이 정석 코스였다.

그런데 그 정석 코스를 밟지 않겠다고 담담한 목소리로 선언한 것이 이건우에게 충격을 안긴 것이었다.

"후회하실지도 모릅니다."

이건우가 서진우를 보며 말했다.

"네?"

"사법 고시를 치르지 않겠다고 결심하신 것 말입니다. 나중에 후회하실 게 분명합니다."

서진우를 만난 것은 오늘이 처음.

이런 충고를 건네는 것이 주제넘는 짓이란 사실을 잘 알고 있었지만, 그럼에도 불구하고 충고를 건넨 이유는 경험자이기 때문이었다.

'낙오자가 되면 비참해지니까.'

이건우가 속으로 생각했을 때였다.

"후회하십니까?"

서진우가 불쑥 물었다.

"무슨 말씀이신지……?"

"문예 창작과를 졸업한 이건우 씨의 동기들, 또는 선후배분들 중 많은 분들이 등단해서 소설가로 자리를 잡았을 겁니다. 그런데 이건우 씨는 등단에 실패해서 잡지사에 취업을 하고, 별로 유명하지 않은 연재 사이트에서 많이 읽히지도 않는 소설을 연재하고 있는 것이 실패라고 생각해서 후회하시는 게 아닐까?"

"……?"

"문득 이런 생각이 들어서 드렸던 질문입니다."

정곡을 찔려 버린 이건우가 마른침을 꿀꺽 삼켰을 때였다.

"아까 제게 후회할 거라고 충고하지 않았습니까? 왜 초면인 제게 작가님이 그런 충고를 했을까를 고민해 봤습니다. 그러다가 문예 창작과를 졸업한 동기 및 선후배들과 다른 길을 걸었던 경험이 있기 때문이 아닐까 하는 생각이 들었습니다."

'똑똑하네.'

이건우가 내심 감탄하며 대답했다.

"맞습니다. 저는 아직 등단하지 못했고, 소설가로서 제대로 된 글을 쓰는 게 아니라 이런 허접하기 짝이 없는 연애소설이나 연재하고 있는 것이 부끄럽습니다. 그리고 너무 빨리 등단을 포기했던 제 선택을 후회하고 있습니다."

자신의 입으로 내뱉고 나니 패배 의식이 더욱 깊어졌다. 그래서 이건우의 얼굴이 벌겋게 달아올랐을 때였다.

"제 생각은 다른데요."

"……?"

"우선 작가님이 연재하고 계신 '치명적인 그녀'라는 작품은 절대 허접한 작품이 아닙니다. 그리고… 저는 법조인이 되지 못하더라도 후회할 것 같지 않습니다."

서진우는 의견이 다르다고 밝혔다.

이렇게 말하는 것이 경험이 부족해서라고 이건우가 판단했을 때였다.

"사법 고시에 합격해서 남들이 부러워하는 법조인이 되면 물론 좋겠죠. 돈도 많이 벌 수 있을 거고요. 그런데 법조인이 되고 나면 행복할까요? 그리고 그게 성공의 유일한 길일까요?"

"그거야……."

"돈은 지금도 많습니다."

"······?"

"아마 변호사가 돼서 질 나쁜 인간들을 평생 변호하여 벌수 있는 돈보다 지금 제가 벌어들인 돈이 훨씬 더 많을 겁니다. 그리고 저는 나쁜 놈들을 변호하는 것이 내키지 않습니다. 아니, 적성에 맞지 않는다고 표현하는 게 더 맞겠네요. 나쁜 놈들이 제대로 죗값을 치르길 바라거든요. 그렇게 적성에 맞지 않는 일을 하면서 먹고사는 게 과연 행복할까요?"

서진우의 질문을 받은 이건우의 말문이 막혔을 때였다.

"좀 재수 없었나요?"

서진우가 웃으며 다시 물었다.

"무슨 뜻입니까?"

"아직 대학생인 제가 돈이 많다고 자랑하는 것처럼 들려서 재수 없게 느껴졌을 수도 있다는 생각이 퍼뜩 들었거든요."

이건우가 픽 하고 실소를 터뜨렸을 때, 서진우가 다시 말했다.

"성공의 잣대는 하나가 아니라고 생각합니다."

"······?"

"한국대학교 법학과를 졸업해서 법조인이 되는 것만이 성공한 인생은 아니죠. 문예 창작을 전공했다고 해서 꼭 남들처럼 등단을 하고 소설가가 되는 것만이 성공한 인생은 아니라고 생각합니다."

"하지만……."

"남들과는 다른 길을 걷는 것이 꼭 실패라고 생각하지는 않습니다. 오히려 남들이 가지 않은 길을 걸어가서 어떤 성과를 만들어 내는 것이 어떤 면에서는 훨씬 더 큰 성공이라고 생각합니다."

*   *   *

'답답하네.'

이건우와 대화를 나누던 도중 짤막한 한숨을 내쉬었다.

만약 페널티를 부여받지 않았다면?

난 '치명적인 그녀'라는 소설 작품의 대략적인 판매고뿐만 아니라, 그 작품이 어느 정도 이슈가 됐는가 여부도 알고 있었을 것이었다.

그런데 페널티를 부여받은 지금은 전혀 기억나지 않는다.

'아마 잘 팔렸을 거야!'

그저 이렇게 추측하는 것이 전부였다.

그리고 이런 추측 정도라도 가능한 이유는 내가 이현주 대표에게 '치명적인 그녀'를 차기작으로 추천했기 때문이었다.

당시에 차기작으로 '치명적인 그녀'를 추천한 데는 분명히 어떤 이유가 있을 터.

그래서 '치명적인 그녀'라는 작품이 소설과 영화로 모두 성공을 거둘 것이라고 추측하는 것이었다.

'막연히 짐작했던 것보다… 더 불편하네.'

내가 속으로 생각하며 다시 입을 뗐다.

"세상은 빠른 속도로 변하고 있습니다. 어쩌면… 순문학이 득세하는 시간이 얼마 남지 않았을 수도 있습니다."

"정말… 그럴까요?"

이건우는 내 이야기를 순순히 믿지 않았다.

불신하는 기색이 역력했다.

그때, 이현주 대표가 지원군으로 나섰다.

"내 생각도 서 대표와 같아요."

"그렇게 판단하시는 근거는요?"

"소설과 영화는 비슷하니까요. 비록 매체는 다르지만, 메시지를 어떻게 전달하느냐는 역할은 같죠. 그리고 최근 영화계 추세는 작품성보다 흥행에 더 중점을 두는 방향으로 바뀌고 있어요. 어떤 메시지를 전달할 때 더 쉽고 흥미로운 방법으로 전달하는 것을 관객들이 더 선호하기 때문이에요."

난 이현주 대표의 이야기를 끊는 대신 이건우와 함께 경청했다.

"어려운 것, 복잡한 것보다는 쉽고, 흥미로운 이야기를 관객들이 선호하고 있어요. 소설도 마찬가지일 거라고 생각해요. 어쩌면 최근 들어 출판계가 불황을 겪는 이유도 이것과 무관하지 않은 것 같고요."

"……?"

"순문학은 어렵죠. 그래서 독자들은 순문학보다 더 쉬운, 그리고 재미있는 방식, 소설이니까 문체라고 표현하면 되겠죠. 좀 더 가벼우면서도 위트 있는 문체로 작가의 메시지를 전달하는 재미있는 소설 작품들이 앞으로 어려운 순문학을 밀어내고 대세로 자리 잡을 확률이 높아요."

'트렌드를 읽는 눈이 있어.'

이현주가 말을 마친 순간, 난 내심 감탄했다.

그녀는 회귀자가 아니었다.

그럼에도 불구하고 트렌드의 변화를 정확히 꿰뚫고 예측하는 것.

이현주가 감각이 있다는 증거였다.

잠시 후, 난 이건우를 바라보며 부연했다.

"방금 대표님의 말씀을 한마디로 요약하면 순문학의 시대는 이제 거의 끝나간다는 뜻입니다. 그리고 새롭게 대세로 자리 잡을 소설은 '치명적인 그녀' 같은 재미있는 작품일 가능성이 높습니다."

페널티를 받게 된 탓에 더 이상 미래 지식을 활용할 수 없게 된 난 대신 이건우의 표정을 유심히 살폈다.

반신반의하던 표정을 지운 이건우는 상기된 표정을 짓고 있었다.

순문학 공모전에 입상해서 등단하지 않더라도, 소설가로서 어떤 족적과 성과를 만들어 낼 수 있는 가능성을 엿봤기 때문이리라.

그리고 이건우의 달라진 표정 변화를 확인한 내가 재빨리 덧붙였다.

"어떻습니까? 남들이 가지 않았던 새로운 길을 개척해서 성공하는 것, 분명 나름의 의미가 있지 않겠습니까?"

*　　　*　　　*

영흥 시청 펜싱 팀 감독실.

똑똑.

구병길이 노크를 한 후 문을 열고 들어갔다.

"찾으셨습니까?"

"병길아, 아니지?"

윤규엽 감독은 인사도 건너뛰고 질문부터 던졌다.

"뭘 물으시는 겁니까?"

"국가 대표 선발전 말이야. 네가 출전 신청서를 제출했던 것 아니지? 주최 측에서 무슨 착오가 있었던 거지?"

비로소 질문의 요지를 이해한 구병길이 고개를 흔들었다.

"주최 측 착오 아닙니다."

"응?"

"제가 이번 국가 대표 선발전에 출전 신청서를 제출했습니다."

그리고 이번 국가 대표 선발전에 자신이 출전 신청서를 제출했던 것이 맞다고 대답하자, 윤규엽은 당황한 기색이 역력했다.

"너, 미쳤어?"

"선수가 대회에 출전하는 것이 미쳤다는 말을 들을 정도로 잘못된 일입니까?"

"그건 아니지만……."

"문제가 될 건 없지 않습니까?"

"네 말대로 원칙적으로는 문제가 없지. 그런데… 넌 특수성이 있잖아."

"어떤 특수성 말입니까?"

"이번 국가 대표 선발전에 출전할 필요가 없다는 특수성 말이야."

윤규엽이 이렇게 말하는 이유는 구병길도 잘 알고 있었다.

자신은 이미 방콕 아시안 게임 남자 사브르 종목 국가 대표로 선발된 상황.

그러니 굳이 이번 국가 대표 선발전에 출전할 필요가 없다고 말하는 것이었다.

솔직히 말하면 불과 얼마 전까지만 해도 구병길 역시 이번 국가 대표 선발전에 출전할 생각이 없었다.

그런데 갑자기 생각이 바뀌게 된 계기는 서진우였다.

'이번 방콕 아시안 게임 개인전과 단체전에 모두 출전해서 메달을 따고 싶다!'

구병길의 오랜 꿈이었고, 개인전에서는 메달을 획득할 자신이 있었다. 하지만 단체전에서는 메달을 획득할 수 있다는 확신이 없었다.

단체전은 개인전과는 달리 혼자 잘한다고 해서 메달을 획득할 수 있는 종목이 아니었기 때문이었다.

단체전에 출전하는 네 명의 선수들이 고르게 좋은 실력을 발휘해야만 메달을 딸 수 있었다.

'나, 이민상, 용정환, 서진우가 베스트 조합이야.'

서진우는 얼마 전 협회장 배 펜싱 대회에서 남자 사브르 종목 개인전 우승을 차지하며 혜성처럼 등장한 신인 선수.

그리고 구병길은 서진우가 경기를 펼치는 모습을 유심히 관찰했고, 결승전에서 직접 그와 맞붙어 보기도 했다.

그래서 기동민보다는 서진우와 함께 단체전에 출전하는 편이 아시안 게임에서 메달을 획득하기에 더 유리하다고 판단했다.

문제는 점수였다.

기동민이 이번 국가 대표 선발전 8강전에서 탈락하고, 서진우가 국가 대표 선발전에서 우승을 차지한다면?

서진우가 더 높은 점수를 얻어서 방콕 아시안 게임 국가 대표로 선발될 것이었다.

그러나 만약 기동민이 이번 국가 대표 선발전에서 8강을 넘어 준결승전까지 오른다면?

서진우의 우승 여부와 관계없이 기동민이 국가 대표로 선발된다.

그동안 기동민이 쌓은 점수가 서진우보다 더 높았기 때문이었다.

'내가 막자!'

이번 국가 대표 선발전에 참가하려는 구병길의 진짜 목표.

대회 우승을 차지하는 것이 아니었다.

기동민이 준결승까지 진출하기 전에 탈락시키는 것이었다.

"대회에 출전하고 싶습니다."

그래서 구병길이 출전 의사를 재차 피력하자, 윤규엽이 답답한 표정으로 물었다.

"출전하려는 이유는?"

"컨디션을 끌어올리려고요."

윤규엽 앞에서 진짜 이유를 밝힐 수는 없었다.

진짜 이유에 대해서 듣고 나면 보나 마나 윤규엽이 무슨 수를 써서라도 대회 출전을 막을 것이었기 때문이었다.

그래서 구병길이 대회에 출전해서 실전을 치르면서 컨디션을 끌어올릴 거란 가짜 이유를 밝혔지만, 윤규엽은 강하게 만류했다.

"난 반대야."

"이유는요?"

"부상 우려 때문이지."

"……?"

"굳이 출전할 필요가 없는 대회에 고집을 피워서 출전했다가 중요한 대회를 앞두고 부상이라도 당하면 어쩌려고 그래?"

윤규엽이 언급한 중요한 대회는 방콕 아시안 게임.

그리고 얼핏 듣기에 그의 주장에는 틀린 부분이 없었다.

하지만 구병길은 고집을 꺾지 않았다.

"부상 때문이라면 걱정하실 필요 없습니다. 부상당하지 않도록 조심하겠습니다."

"야, 어디 부상이 네가 피하고 싶다고 피할 수 있는 거야?"

뜻대로 대화가 진행되지 않기 때문일까.

윤규엽은 흥분하며 언성을 높이기 시작했다.

"감독님."

"말해."

"제가 국가 대표 선발전에 출전하려는 것을 막으시려는 진짜 이유는 따로 있는 것 아닙니까?"

"뭐? 무슨 소리야?"

"혹시 동민이를 국가 대표로 만들기 위해서 제 출전을 막으시는 것 아닌가 해서요."

구병길이 말을 마친 순간, 윤규엽의 말문이 일순 막혔다. 그리고 구병길은 윤규엽이 당황하는 것을 놓치지 않았다.

'내 짐작이 맞네.'

그리고 자신의 추측이 맞다고 판단한 순간, 윤규엽이 한숨을 내쉬었다.

"동민이 실력 있어."

"알고 있습니다. 그런데… 단체전 파트너로는 낙제점입니다."

"이유는?"

"멘탈이 약하니까요."

"그래서 동민이가 단체전 파트너가 되는 게 마음에 안 들어서 이번 대회에 기어이 출전하려는 거야?"

'눈치 빠르네!'

윤규엽이 자신의 의도를 캐치 한 것을 확인한 구병길이 대답했다.

"그런 이유도 아주 없지는 않습니다."

"그럼 네가 원하는 단체전 파트너는 누군데?"

"서진우입니다."

"누구?"

"서진우요."

"서… 진우라고?"

굳이 서진우에 대해서 설명할 필요는 없었다.

윤규엽도 협회장 배 펜싱 대회에 처녀 출전 해서 구병길을 결승전에서 꺾고 우승한 서진우에 대해서 잘 알고 있었으니까.

서진우의 이름을 들은 윤규엽이 잠시 고민한 후 입을 뗐다.

"서진우는 경험이 너무 부족해."

"경험은 부족하지만 실력은 동민이보다 낫습니다."

"하지만……."

"그리고 실력이 노출되지 않았다는 장점도 있습니다. 그래서 동민이보다 서진우가 단체전 파트너가 되는 편이 메달을 획득하기에 유리하다고 판단한 겁니다."

구병길이 힘주어 덧붙인 순간, 윤규엽이 재차 한숨을 내쉬었다.

"병길아."

"네."

"동민이가 국가 대표로 발탁되는 것은 이미 정해진 것이나 마찬가지야."

"왜입니까?"

"부회장님이 그걸 원하니까."

윤규엽이 언급한 부회장은 정명섭.

구병길은 정명섭을 좋아하지 않았다.

그래서 눈살을 찌푸린 순간, 윤규엽이 덧붙였다.

"부회장님의 뜻을 거슬러서 좋을 것 없다는 것, 너도 잘 알잖아? 부회장님에게 반기를 들었던 사람들은 다 끝이 안 좋았어."

틀린 이야기는 아니었기에 구병길이 입술을 지그시 깨물었을 때, 윤규엽이 재차 부탁했다.

"그러니까 이번 국가 대표 선발전에 출전하는 것은 다시 한 번 재고해 봐."

*   *   *

시간은 빠르게 흘렀다.

그사이 세상에는 여러 가지 일들이 벌어졌지만, 난 아예 관심을 끈 채로 지냈다.

페널티를 받은 이상 내가 나서서 할 수 있는 것이 거의 없었고, 어설픈 추측으로 뭔가를 하려고 하다가는 오히려 역효과가 발생할지도 모른다는 우려가 들어서 군 면제를 받는 것에만 집중하기로 한 것이었다.

집과 학교, 그리고 펜싱 클럽에만 다니는 단조로운 생활의 반복.

그날도 평소와 다를 것 없이 펜싱 클럽에 찾아갔을 때, 예상치 못했던 손님이 찾아와 있었다.

"오랜만이야."

날 찾아온 손님은 구병길.

"선배님이 여긴 어쩐 일로 찾아오셨습니까?"

그가 내게 호감을 갖고 있다는 사실을 알고 있기에 반갑게 인사를 건네자, 구병길이 대답했다.

"훈련 열심히 하고 있는가 감시하러 찾아왔어."

"감시… 요?"

"그래. 널 국가 대표로 만들기 위해서 우승까지 양보했었잖아. 그래서 대회 앞두고 훈련을 열심히 하고 있는가 확인하려고."

"최선을 다하고 있습니다."

"그럼 다행이고."

내 대답을 듣고 만족한 듯 씨익 웃은 구병길이 제안했다.

"후배님에게 해 주고 싶은 이야기도 있는데 같이 차 한잔 마실까?"

"좋습니다."

구병길과 함께 펜싱 클럽 근처 카페로 들어갔다. 그리고 커피 두 잔을 주문하고 자리에 앉은 후 그가 먼저 입을 뗐다.

"아무도 몰라."

"네?"

"작년 아시안컵 펜싱 대회에서 준우승을 차지했는데도 뉴스에 나간 적도 없어. 그래서 이렇게 길바닥에 얼굴을 내놓고 돌아다녀도 날 알아보는 사람도 아무도 없고 사인을 요청하는 사람도 아무도 없다는 뜻이야."

구병길의 말뜻을 이해한 내가 입을 열었다.

"그건 펜싱이 비인기 종목이기 때문이죠."

"맞아. 후배님도 잘 알고 있네. 그렇게 잘 알고 있으면서도 펜싱을 시작한 이유가 뭐야?"

"군 면제를 받고 싶어서요."

내가 솔직하게 대답하자, 구병길은 픽 하고 웃었다.

"실망하셨습니까?"

그런 그에게 묻자, 고개를 흔들었다.

"아니. 오히려 솔직해서 마음에 드네. 그런데… 아시안 게임에서 메달을 따서 군 면제를 받는 것이 절대 쉽지는 않을 거야."

"방콕 아시안 게임에 출전해서 메달을 따는 것이 무척 어렵단 뜻입니까?"

"물론 그것도 어렵지. 하지만 그보다 더 어려운 게 있어."

"뭡니까?"

"국가 대표로 선발되는 것."

구병길의 이야기를 들은 내가 고개를 갸웃했다.

이미 협회장 배 펜싱 대회에서 우승을 차지한 상황.

곧 열릴 국가 대표 선발전에서도 우승을 차지하면 국가 대표로 선발되어 방콕 아시안 게임에 출전할 수 있다고 알고 있어서였다.

"그 말씀은… 이번 국가 대표 선발전에서 제가 우승을 차지하는 것이 어려울 거라고 생각하시는 겁니까?"

"그건 아냐. 그동안 열심히 훈련했다고 했으니까 협회장 배 펜싱 대회에 출전했을 때보다 실력이 더 늘었을 것 아냐. 그러니까 국가 대표 선발전에서 우승을 차지하는 것이 충분히 가능하다고 생각해."

"그런데 왜……?"

"신복동 관장님이 아무 말씀도 안 했어?"

"무슨 말씀이신지……?"

"전혀 모르는 걸 보니 진짜 말씀 안 하셨나 보네."

'내가 모르는 뭔가가 있다?'

구병길의 심각한 표정을 통해서 내가 직감하며 물었다.

"제가 모르는 게 있습니까?"

그 질문을 받은 구병길을 팔짱을 끼며 입을 뗐다.

"보자. 어디서부터 설명을 시작하면 될까? 아까 펜싱은 비인기 종목이라고 했었지. 이런 비인기 종목들의 특징이 뭔지 알아? 이권 다툼이 더 치열하다는 거야."

"왜 이권 다툼이 더 치열한 겁니까?"

"관심이 없기 때문이지."

"……?"

"인기 종목인 야구를 예로 들어 보자고. 만약 야구계에서 어떤 비리가 발생했을 경우에는 그리 오래 걸리지 않아서 이슈가 되면서 공론화가 돼. 워낙 인기 종목이라서 관심을 갖고 지켜보는 눈들이 많기 때문이지. 그런데 펜싱 같은 비인기 종목은 달라. 관심을 갖고 주시하는 눈들이 없기 때문에 거리낌

없이 비리를 저지르지. 그리고 인간이란 동물은 학습 능력이 있어. 한 번 비리를 저질러도 괜찮구나. 별문제가 없이 넘어가는구나. 이런 사실을 깨닫고 나면 점점 더 과감해지는 법이지. 그래서 더 많은, 더 심각한 비리를 저지르지."

구병길의 설명을 들은 내가 고개를 끄덕이며 물었다.

"펜싱 협회 쪽에 비리가 많은 겁니까?"

"한국대학교 다닌다더니 똑똑하긴 하네."

구병길이 날 칭찬한 후 다시 물었다.

"신복동 관장님에 대해서는 얼마나 알아?"

"선수 출신이라고 알고 있습니다."

"그냥 선수 출신이다?"

"국가 대표까지 지냈을 정도로 실력이 뛰어났다는 것 정도는 알고 있습니다."

내가 알고 있는 대로 대답하자, 구병길이 물었다.

"그게 다야?"

"네? 네."

"신 관장님에 대해서도 아직 잘 모르네."

"제가 모르는 게 있습니까?"

"그래."

"뭡니까?"

내 질문에 구병길이 대답했다.

"신복동 관장님이 쓸쓸히 펜싱계를 떠나서 야인으로 지냈던 이유."

＊　　　　＊　　　　＊

"부회장님, 제 잔 한잔 받으시죠."

정명섭이 잔을 들자, 장종호가 공손하게 양주 병을 기울였다.

"장 감독도 한잔 받아."

"네."

쪼르륵.

장종호가 들고 있는 잔에 양주를 따라 주며 정명섭이 물었다.

"요새 동민이 컨디션은 어때?"

그 질문을 받은 장종호가 바로 대답했다.

"협회장 배 펜싱 대회에서 조기 탈락 했던 탓에 잠시 슬럼프가 있었지만, 지금은 마음을 다잡았습니다. 국가 대표 선발전에 대비해서 열심히 훈련하고 있습니다."

"그래도 슬럼프가 오래 안 가서 다행이로군. 동민이는 이번 방콕 아시안 게임에 출전해서 국위 선양을 해야 하는 인재이니까."

"감사합니다."

"그러니까 장 감독이 잘 챙겨."

"명심하겠습니다."

정명섭이 잔을 입으로 가져가며 장종호를 힐끗 살폈다.

장종호의 장점은 눈치가 빠르다는 것이었다.

조금 전 나눈 대화를 통해서 자신이 기동민을 이번 방콕 아시안 게임 국가 대표로 선발하기로 결심을 굳혔다는 것을 알아챈 그는 기쁜 기색을 감추지 못하고 있었다.

'앞으로 나에게 더 충성하겠군.'

정명섭이 속으로 생각하며 술자리에 동석한 펜싱 협회 사무총장 이을병을 향해 고개를 돌렸다.

"김 감독에게는 연락했지?"

"오늘 모임이 있다고 전했습니다."

"그런데 왜 아직이야?"

"곧 도착할 겁니다. 아, 마침 왔네요."

룸살롱 문을 열고 들어오는 오산 시청 펜싱 팀 감독 김상백을 확인한 정명섭이 그에게 손짓했다.

"김 감독, 어서 와."

"부회장님, 안녕하셨습니까?"

"그래, 걱정해 준 덕분에 잘 지내고 있어. 그런데 왜 그렇게 뻘쭘하게 서 있어? 그러고 서 있지 말고 이리 와 앉아."

"네."

김상백이 자리에 앉은 후 긴장한 표정으로 물었다.

"그런데 무슨 일로 저를 부르셨습니까?"

"김 감독한테 할 말이 있어서 불렀어."

"말씀하시죠."

"지금 김 감독이 오산 시청 맡은 지 얼마나 됐지?"

"올해가 삼 년째입니다."

"특별히 힘든 일은 없고?"

"네. 부회장님이 신경 써 주신 덕분에 크게 힘든 일은 없습니다."

"그래? 이상하네."

정명섭이 슬쩍 미간을 찌푸리며 덧붙였다.

"얼마 전에 시장님을 뵌 적이 있거든. 그때 시장님이 펜싱팀 성적이 안 나와서 고민이 많다고 내게 하소연을 하시던데?"

"그런 일이… 있었습니까?"

"그래. 많이 언짢은 기색이시더라고."

"제가 부족해서 시장님과 부회장님께 심려를 끼쳐 드렸습니다. 죄송합니다."

김상백이 어쩔 줄 몰라 하는 표정으로 고개를 숙이는 것을 바라보던 정명섭이 손을 내저었다.

"김 감독 탓만은 아냐. 생각해 보니까 그동안 내가 너무 무심했더라고. 그래서 이번엔 신경을 좀 쓸 생각이야."

"무슨 말씀이신지……?"

"오산 시청에서도 이번에 국가 대표 한 명 배출해야지. 그래야 나도 그렇고 김 감독도 시장님께 면목이 좀 서지 않겠어?"

영문을 모르겠다는 표정을 짓고 있는 김상백을 향해 정명섭이 안주머니에서 접힌 종이를 꺼내서 내밀었다.

"이게… 뭡니까?"

"한번 열어 봐."

"네? 네."

김상백이 접힌 종이를 건네받아 펼쳤다.

그 모습을 지켜보던 정명섭이 설명했다.

"방콕 아시안 게임에 출전할 남자 사브르 종목 국가 대표 명단이야."

그 설명을 들은 김상백이 의아한 표정을 지었다.

"아직 국가 대표 선발전이 열리기도 전인데……."

"이봐, 김 감독. 순진한 거야? 순진한 척하는 거야?"

"……."

"그 종이에 적힌 명단대로 국가 대표가 선발될 거야."

정명섭이 힘주어 말한 후 김상백의 표정을 살폈다.

— 구병길, 이민상, 기동민, 신도훈.

아까 건넨 종이에 적혀 있는 선수들의 명단이었다.

이 중 신도훈은 오산 시청 소속 선수.

그래서 신도훈의 이름이 명단에 포함된 것을 확인한 김상백의 표정이 밝아질 거라 예상했다.

그러나 김상백의 표정은 정명섭의 예상과 달리 밝아지지 않았다.

"김 감독, 표정이 왜 그래?"

정명섭이 묻자, 김상백이 잠시 망설이다가 대답했다.

· "도훈이는… 아시안 게임 국가 대표로 발탁되기에는 아직 부족합니다."

그 대답을 들은 정명섭이 고개를 가로저었다.

"김 감독, 보기보다 능력이 별로구만."

"네?"

"본인이 지도하고 있는 선수의 능력도 제대로 파악하지 못하는 게 감독으로서 능력이 부족하단 증거가 아닌가?"

"외람된 말씀이지만… 저는 도훈이가 아니라 서진우가 국가 대표로 발탁되는 게 더 맞다고 생각합니다."

"서진우?"

김상백이 서진우의 이름을 언급한 순간, 정명섭이 눈살을 찌푸렸다.

한국대학교 재학생으로 지난 협회장 배 펜싱 대회에서 남자 사브르 부문 우승을 차지했던 서진우는 말 그대로 혜성처럼 등장한 깜짝 스타였다.

그래서 정명섭도 처음에는 서진우의 등장이 반가웠다.

바닥을 치고 있는 펜싱 종목의 인기를 끌어올릴 수 있는 불쏘시개 역할로 요긴하게 사용할 수 있을 거라고 판단해서였다.

그러나 반가운 마음은 오래 가지 않았다.

서진우를 키웠던 것이 신복동이라는 사실을 알게 됐기 때문이었다.

'하필이면 신복동의 제자라니.'

한국대학교에는 펜싱부가 없었다.

그런데 한국대학교 법학과 재학생인 서진우가 기동민과 구병길을 잇따라 제압하고 남자 사브르 종목 우승을 차지한 것은 이슈가 되기에 충분했다.

그럼에도 불구하고 매스컴에 단신으로만 서진우의 우승 소식이 실렸던 것은 서진우가 신복동의 제자라는 사실을 뒤늦게 알아차린 정명섭이 기자들에게 기사를 싣지 말라고 지시했기 때문이었다.

'라인을 잘못 탔어.'

서진우의 실수는 딱 하나.

하필이면 신복동의 라인을 탔다는 것이었다. 그리고 그 실수는 치명적이었다

정명섭은 자신에게 반기를 든 자에게는 절대 자비를 베풀지 않기 때문이었다.

"그럼 이제 공은 김 감독에게 넘어간 셈이군."

정명섭이 못마땅한 표정으로 독한 양주를 비운 후 말했다.

"무슨 말씀이신지……?"

"나와 김 감독의 선수를 보는 안목이 다르지 않은가? 그런데 난 근본도 없는 서진우란 놈이 아니라 오산 시청 소속 선수인 신도훈이 국가 대표로 발탁되는 것이 맞다고 생각해. 하지만 김 감독은 나와 생각이 다르니 양단간의 결정을 내려야지."

"어떤 결정을 내려야 한다는 말씀이십니까?"

김상백이 긴장한 표정으로 질문한 순간, 정명섭이 대답했다.

"감독직을 내려놓거나, 신도훈을 국가 대표로 만들거나. 둘 중 하나를 택해."

*　　　　*　　　　*

천재 검객.

한때 신복동의 이름 앞에 따라붙었던 수식어였다.

당시에는 무척 마음에 들었던 수식어였는데.

지금은 생각이 바뀌었다.

'천재 검객'이란 수식어가 어울리는 진짜 주인공은 따로 있다는 생각이 들었기 때문이었다.

"정말 협회장 배 펜싱 대회에서 우승을 차지할 줄이야."

서진우는 협회장배 펜싱 대회에 처녀 출전 했었다.

그런 그는 처녀 출전 한 대회에서 우승을 차지할 거라고 공언했었지만, 당시 신복동은 코웃음을 쳤다.

불가능한 일이라고 확신했기 때문이었다.

그런데 그 불가능한 일이 현실이 됐다.

그러니 어찌 서진우가 예뻐 보이지 않을 수 있을까.

서진우만 떠올리면 자꾸 웃음이 새어 나왔다.

하지만 정명섭의 얼굴을 떠올린 순간, 신복동의 입가에 떠올랐던 웃음기가 사라졌다.

"나쁜 새끼, 벌써 손을 썼어."

펜싱부도 존재하지 않는 한국대학교 재학생 서진우가 쟁쟁한 실업 팀 선수들을 꺾고 협회장 배 펜싱 대회에서 우승을 차지한 것.

큰 이슈가 되기에 충분한 뉴스거리였다.

하지만 서진우의 우승과 관련된 뉴스는 일절 나오지 않았다.

펜싱이 비인기 종목이기는 하지만 이건 너무 과한 처사였다.

그래서 신복동은 정명섭을 의심했다.

그리고 정명섭이 기자들에게 손을 썼기 때문에 서진우 관련 뉴스가 등장하지 않았을 거란 의심을 한 이유는 자신 때문이었다.

"뒤끝 쩌는 인간이니까."

예전 정명섭과 대립각을 세웠던 탓에 신복동은 펜싱계를
떠날 수밖에 없었다.

그 후로 오랜 시간이 흘렀으니 정명섭이 자신의 존재를 잊
었기를 바랐는데.

신복동의 바람은 이뤄지지 않았다.

서진우를 견제한다는 것이 정명섭이 자신을 잊지 않았다는
증거였다.

"어떻게… 해야 하나?"

신복동이 차를 한 모금 마신 후 깊은 고민에 잠겼다.

서진우가 밝혔던 목표는 다가오는 방콕 아시안 게임에서 메
달을 따서 군 면제를 받는 것.

그런데 그 목표를 이루기 위해서는 일단 국가 대표로 발탁
이 돼야 했다.

"협회장 배 펜싱 대회와 국가 대표 선발전에서 모두 우승을 차
지하면 방콕 아시안 게임 남자 사브르 종목 국가 대표로 발탁될
수 있다."

예전에 서진우에게 했던 이야기.

이론상으로는 틀린 이야기가 아니었다.

그러나 이론과 실제는 달랐다.

정명섭은 자신과 연관이 있는 서진우가 국가 대표로 발탁

되지 않도록 만들기 위해서 꼼수를 쓸 가능성이 높았기 때문이었다.

"내가… 이쯤에서 빠지는 게 맞는 건가?"

신복동이 고민을 거듭하고 있을 때였다.

"선배님."

낯익은 목소리를 듣고 신복동이 고개를 돌렸다.

"어, 네가 여긴 무슨 일로 찾아왔어?"

그리고 펜싱 클럽으로 찾아온 김상백을 반갑게 맞았다.

"차 한잔 얻어 마시려고 찾아왔습니다."

"어서 와. 이리로 앉아."

신복동이 자리를 권한 후 탕비실로 향했다. 그리고 둥굴레차를 타서 돌아와 건네자, 김상백이 인사했다.

"감사합니다. 잘 마시겠습니다."

"마침 잘 왔네."

"네?"

"그렇지 않아도 김 감독한테 부탁할 게 있었거든."

"부탁이요? 어떤 부탁이십니까?"

"진우, 알지?"

"네."

"진우 좀 맡아 줘."

자신이 꺼낸 부탁이 의외여서일까?

김상백은 놀란 표정을 감추지 못한 채 물었다.

"갑자기 왜 그런 부탁을 하시는 겁니까?"

"너무 아까워서."

"네?"

"잘 알다시피 내가 진우에게 해 줄 수 있는 것은 주먹구구식 훈련뿐이야. 진우가 좀 더 체계적인 훈련을 받으려면 실업팀에 있는 것이 나을 것 같다는 판단을 내렸어. 그래서 너한테 부탁하는 거고."

신복동이 이유를 밝혔지만, 김상백은 고개를 가로저었다.

"서진우는 지금까지도 충분히 잘해 왔습니다. 협회장 배 펜싱 대회에서 우승을 차지했으니까요."

"하지만……."

"이런 부탁을 하시는 진짜 이유는 따로 있으시죠?"

김상백이 두 눈을 빛내며 던진 질문을 받은 신복동이 쓴웃음을 머금었을 때였다.

"정명섭 부회장."

"……?"

"서진우가 선배의 전철을 밟을 것이 두려우신 것, 맞으시죠?"

김상백을 속이는 것이 불가능하다는 사실을 깨달은 신복동이 더 버티지 못하고 고개를 끄덕였다.

"맞아."

"서진우를 많이 아끼시는가 보네요."

"이대로 묻혀 버리기에는 가진 재능이 너무 아까워. 진짜 천재이니까."

지도자로서 재능 있는 선수를 키울 수 있는 것.

커다란 축복이었다.

그런 재능 있는 선수를 떠나보내야 하는 것에 아쉬움을 느낀 신복동이 짤막한 한숨을 내쉰 후 덧붙였다.

"그러니까 네가 진우를 맡아 줬으면 해."

하지만 김상백은 이번에도 고개를 가로저으며 말했다.

"너무 늦은 것 같습니다."

*　　　　　*　　　　　*

"개새끼."

사브르를 잡고서 땀범벅이 될 때까지 찌르고 휘둘렀지만, 여전히 분이 풀리지 않았다.

"정명섭 부회장은 이미 서진우를 국가 대표로 발탁하지 않기로 결심을 굳혔습니다. 우리 팀 소속인 도훈이를 국가 대표로 발탁하겠다고 공언했습니다. 아무래도… 선배님께 이 사실을 알려 드려야 할 것 같아서 찾아온 겁니다."

김상백이 남기고 떠난 이야기가 계속 귓가에 맴돌았다.

쉬이익.

그래서 정명섭의 표독한 얼굴을 떠올리며 힘껏 사브르를 휘둘렀을 때였다.

"다시 현역으로 뛰어도 되겠는데요."

서진우의 목소리가 들려왔다.

신복동이 수건으로 이마에 맺힌 땀을 닦으며 화답했다.

"마침 잘 왔다. 오랜만에 시합 한번 할까?"

"정중히 사양하겠습니다."

"왜?"

"피 볼 것 같아서요."

"……?"

"관장님이 휘두르시는 사브르에 살기가 담겨 있더라고요."

신복동이 부인하지 못하고 입을 다문 순간이었다.

"대신 술 한잔하시죠."

"술을 마시자고?"

"협회장 배 펜싱 대회 우승 기념으로 축하주 사 주신다고 약속하셨지 않습니까? 그런데 그 약속 아직까지 안 지키셨습니다. 오늘 그 약속 지켜 주시죠?"

"대회까지 얼마나 남았다고 술을……"

국가 대표 선발전이 얼마 안 남았다.

훈련에 매진해도 모자랄 판에 속 편하게 술을 마시는 것이 말이 되느냐는 핀잔을 건네며 딱 잘라 거절하려 했던 신복동이 도중에 마음을 바꿨다.

서진우에게 미안한 마음이 들어서였다.

"뭐 좋아해?"

"삼겹살 좋아합니다."

"그래, 가자. 약속했으면 지켜야지."

신복동이 앞장서서 걸음을 옮겼다.

잠시 후, 신복동은 펜싱 클럽 근처 조용한 삼겹살집에서 서진우와 마주 앉았다.

"내 잔 한잔 받아."

신복동이 먼저 소주병을 들었다.

쪼르륵.

그리고 서진우가 들어 올린 잔에 술을 따르고 있을 때였다.

"관장님, 왜 솔직하게 말씀 안 하셨어요?"

서진우가 불쑥 물었다.

"뭘 묻는 거야?"

"제가 이번 국가 대표 선발전에서 우승을 차지한다고 하더라도 방콕 아시안 게임 국가 대표로 선발되기 어렵다는 것이요."

"그걸… 어떻게 알았어."

"구병길 선배에게 들었습니다."

"구병길을 만났어?"

"네."

"언제?"

"며칠 전에 체육관으로 찾아왔었습니다. 그래서 알게 됐죠."

'구병길이 일부러 찾아와서 그 사실을 알려줬다고?'

이건 예상치 못했던 상황.

그로 인해 신복동이 당황하며 앞에 놓인 잔을 채웠다.

"그 얘길 해 주려고 일부러 널 찾아왔던 거야?"

"한 가지 용건이 더 있었습니다."

"무슨 용건?"

"저와 같이 방콕 아시안 게임에 출전하고 싶다고 말했습니다."

"너와… 같이?"

"네. 그래서 구병길 선배도 국가 대표 선발전에 출전할 거라고 했습니다."

신복동이 술잔을 들어서 입으로 가져가다가 멈칫하며 다시 내려놓았다.

"방금… 구병길이 이번 국가 대표 선발전에 출전할 거라고 했어?"

"네."

"왜 출전하려는 거야?"

펜싱계를 오랫동안 떠나 있었지만, 신복동은 국가 대표 선발 시스템에 대해서는 기억하고 있었다.

그래서 구병길이 이번 국가 대표 선발전에 출전하지 않더라도, 방콕 아시안 게임에 국가 대표로 이미 발탁됐다는 사실 정도는 알고 있었다.

즉, 구병길은 굳이 부상을 당할 위험을 감수하면서까지 국가 대표 선발전에 참가할 이유가 없다는 뜻이었다.

해서 당연히 구병길이 이번 국가 대표 선발전에 참가하지 않을 거라고 예상했는데.

그 예상이 빗나갔기에 참지 못하고 이유를 질문한 것이었다.

"구병길 선배님은 이번 국가 대표 선발전에 참가하려는 이유가 저 때문이라고 했습니다."

"너 때문이라고?"

"네. 아까 말씀드렸듯이 저를 국가 대표로 만들기 위해서죠."

"……?"

"설령 제가 이번 국가 대표 선발전에서 우승을 차지한다고 하더라도, 기동민 선수가 4강 이상의 성적을 거두면 점수가 더 높기 때문에 기동민 선수가 국가 대표로 발탁된다고 하더 군요. 그래서 구병길 선배님은 기동민 선수가 4강 이상의 성적을 거두지 못하게 만들기 위해서 출전하는 거라고 했습니다."

"기동민을 상대해서 4강에 오르기 전에 떨어뜨리겠다?"

"네."

"그사이 네가 국가 대표 선발전에서 우승을 차지하면 기동민이 아니라 네가 방콕 아시안 게임 국가 대표로 발탁될 수 있다. 맞아?"

Chapter. 3

"맞습니다."

구병길의 계산은 정확했다. 그리고 그가 알고 있는 것은 신복동도 알고 있었다.

서진우의 목표가 방콕 아시안 게임에서 메달을 따서 군 면제를 받는다는 것임을 알고 있기에 국가 대표로 발탁될 수 있는 방법에 대해서 나름대로 조사한 후였기 때문이었다.

"우승할… 자신은 있고?"

"네."

서진우는 지난번과 마찬가지로 이번에도 우승할 자신이 있다고 대답했다.

'자신감은 참 맘에 든단 말이야.'

그 대답을 듣고 쓴웃음을 지었던 신복동이 넌지시 말했다.

"다음 기회를 엿보는 게 어때?"

"왜입니까?"

"아까운 선수를 잃는 게 싫거든."

"저요?"

"아니, 구병길 말이야."

"……?"

"현재 펜싱 협회 부회장을 맡고 있는 정명섭에 대해서 들어 본 적 있어?"

정명섭의 이름을 입에 올리는 것조차도 싫었다.

그렇지만 세상을 살다 보면 하기 싫어도 해야 하는 일들이 있었다.

그리고 지금이 바로 그때였다.

'나와 같은 전철을 밟게 할 수는 없어!'

서진우, 그리고 구병길.

모두 좋은 선수들이었다.

이렇게 재능 있는 좋은 선수들이 정명섭에 반기를 들다가 자신과 같은 길을 걷는 것을 신복동은 원치 않았다.

"들어 본 적 있습니다."

"구병길이 알려 줬나 보군. 뭐라고 하던가?"

"재수 없는 인간이라고 하더군요."

"하핫!"

재수 없는 인간이란 표현이 무척 마음에 들었다.

그래서 신복동이 너털웃음을 터뜨렸을 때, 서진우가 덧붙였다.

"그리고 무서운 인간이라고도 했습니다."

이번에는 신복동이 웃지 않았다.

그렇지만 반박하거나 정정하지도 않았다.

정명섭은 무서운 인간이란 표현이 딱 어울리는 자였으니까.

"최소 열 배라고 생각하면 돼."

잠시 후, 신복동이 소주를 비운 후 입을 뗐다.

"뭐가 최소 열 배라는 뜻입니까?"

"구병길이 정명섭에 대해서 재수 없고 무서운 인간이라고 말했다고 했지? 구병길이 말했던 것보다 최소 열 배 더 재수 없고 무서운 인간이란 뜻이야."

신복동은 직접 겪어 보았기에 정명섭이 얼마나 재수 없고 무서운 인간인지 잘 알고 있었다.

그래서 정정하자, 서진우가 질문했다.

"그래서 관장님께서 펜싱계를 떠나셨던 겁니까?"

"…맞아."

"그 후로 시간이 많이 흘렀습니다."

"……?"

"그때와는 상황이 많이 달라졌다는 뜻입니다."

서진우가 이야기를 마친 순간, 신복동이 반박하는 대신 동조했다.

　"맞아. 그때와는 상황이 또 달라졌지. 정명섭의 권력은 더욱 굳건해졌으니까. 그러니까… 내 말대로 이번에는 포기해."

　구병길, 이민상, 기동민, 신도훈.

　김상백이 자신을 찾아와서 정명섭이 이번 방콕 아시안 게임 남자 사브르 종목 국가 대표로 이 네 선수가 발탁되길 원한다고 알려 주었다. 그리고 그가 이렇게 결정을 내린 이상, 상황이 바뀌기는 어려웠다.

　'계란으로 바위 치기!'

　신복동이 머릿속으로 이렇게 생각했을 때였다.

　"이번에 포기하면… 다음은 다를까요?"

　"응?"

　"다음에는 제가 국가 대표가 될 수 있습니까?"

　"그건……."

　신복동이 말끝을 슬며시 흐렸다.

　다음에는 상황이 달라질 거란 확신이 없어서였다.

　이런 반응을 예상했을까.

　서진우는 담담한 표정으로 다시 입을 뗐다.

　"누가 그러더라고요. 지금 바꾸지 않으면 나중에도 바꿀 수 없다고."

　"……?"

"그래서 저는 포기할 생각이 없습니다."

*   *   *

서부지검 근처 찌개 전문점에서 이청솔을 만났다.

"왜 여기서 보자고 했어?"

자리가 사람을 만들기 때문일까.

검사장으로 승진한 이청솔은 차장 검사 시절에 비해서 표정과 몸가짐에서 한결 여유가 묻어났다.

"오랜만에 뵙습니다."

"그래. 너무 오랜만이야. 같이 밥 한번 같이 먹기가 이렇게 힘들어서야."

이청솔이 앞으로 손을 내밀며 푸념했다.

"뭘 하느라 이렇게 바빠?"

"일이 좀 많았습니다."

"후배님은 잘 모르겠지만 나하고 밥 한번 먹고 싶어서 안달이 난 사람들이 줄을 서 있는 상황이야."

"죄지은 사람들이 선배님 주변에 많은가 보네요."

"응?"

"일전에 조동재 검사가 그러더라고요. 죄지은 사람일수록 검사를 피하는 게 아니라 검사를 만나고 싶어서 안달한다고."

"하핫, 동재가 그렇게 말했어?"

"네."

"뭐, 틀린 말은 아냐. 내가 요새 괜히 혼자 밥을 먹는 게 아니라니까. 그래서 후배님 연락이 더 반가웠지."

이청솔은 진심으로 반가워하는 기색을 감추지 않았다.

그런 그가 웃으며 물었다.

"보자, 요새는 뭘 하고 지내느라 그리 바빴던 거야? 혹시 사시 준비 시작한 거야?"

"아닙니다."

"아니라고? 그럼 뭘 해?"

"요새 운동하고 있습니다."

"운동? 무슨 운동?"

"펜싱을 하고 있습니다."

"펜싱을… 하고 있다고?"

내 대답이 뜻밖이기 때문일까.

이청솔은 두 눈을 크게 뜨고 다시 물었다.

"취미로 배우는 건가?"

"그건 아닙니다. 국가 대표가 목표입니다."

"국가 대표?"

"네, 방콕 아시안 게임 펜싱 남자 사브르 종목 국가 대표로 출전해서 메달을 획득하기 위해 시작했습니다."

"방콕 아시안 게임이라면… 내년 아닌가?"

"맞습니다."

"농담… 하는 건가?"

이청솔은 내 말을 순순히 믿는 기색이 아니었다.

난 이런 그의 반응을 이미 예상했기에 미리 준비해 온 철 지난 신문을 꺼냈다.

"여기 보시죠."

내가 내민 신문을 건네받은 이청솔이 은테 안경을 추켜올리며 바라보았다.

"협회장 배 펜싱 대회 우승자가… 서진우, 혹시 이 서진우가 후배님인가?"

"네, 맞습니다."

"내가 펜싱에 대해서 잘 몰라서 하는 질문인데… 혹시 협회장 배 펜싱 대회가 아마추어 선수들이 출전하는 대회인가?"

"아닙니다. 실업 팀에 속한 선수들이 대부분입니다. 그리고 종별 오픈 펜싱 대회와 대통령 배 펜싱 대회, 국가 대표 선발전과 함께 국가 대표 선발에 영향을 미치는 점수를 획득할 수 있는 대회 중 하나입니다."

내가 설명을 마친 순간, 이청솔이 입을 쩍 벌렸다.

"후배님은… 정말 사람을 놀라게 하는 재주가 출중하군. 하여간 대단해. 그 짧은 사이에 이렇게 대단한 성과를 거뒀으니까."

"실은 이것 때문에 선배님을 뵙자고 청했습니다."

"응?"

"아까 말씀드렸던 대로 제가 펜싱을 시작한 이유는 방콕 아시안 게임에 출전해서 메달을 획득하기 위함입니다."

"혹시… 메달을 따려는 이유가 군 면제 때문인가?"

'역시 검사장님답네!'

단박에 내가 숨기고 있는 의도를 간파하는 이청솔의 예리함에 내심 감탄했지만, 난 적당히 포장을 했다.

"겸사겸사입니다."

"겸사겸사?"

"국위 선양이 진짜 목적이고, 군 면제는 일종의 부상처럼 따라오는 거죠. 어쨌든 중요한 건 아시안 게임에서 메달을 획득하기 위해서는 일단 국가 대표로 선발이 돼야 한다는 겁니다. 그런데 이게 쉽지가 않습니다."

내 이야기를 경청하던 이청솔은 당혹스러운 표정을 감추지 못한 채 말했다.

"후배님이 남자 사브르 종목 국가 대표로 발탁될 수 있도록 내게 어떤 압력을 행사해 달란 뜻인가?"

"선배님, 저와 알고 지내신 지 꽤 오래되지 않았습니까? 제가 선배님께 그런 부탁을 드릴 사람입니까?"

"아니지. 그래서 나도 방금 의아하다고 생각했던 거야. 그럼 후배님이 내게 바라는 건 대체 뭐야?"

"기울어진 운동장을 평평하게 바꿔 주십시오."

"……?"

"현재 펜싱 종목 국가 대표 선발 시스템이 공정하지 않다는 뜻입니다."

내가 설명을 마치고 나서야 이청솔이 은테 안경 너머 두 눈을 빛내며 자세를 고쳐 앉았다.

"체육계에 비리가 만연했다는 이야기는 나도 몇 번 들어 본 적 있어. 펜싱 협회 쪽에도 문제가 있다는 뜻이지?"

"정확합니다."

"그렇지 않아도 한번 체육계 쪽 비리를 파 볼까 하는 생각을 갖고 있었어. 마침 후배님이 이렇게 부탁하니 적당한 때가 된 것 같군."

흥미를 드러내고 있는 이청솔에게 내가 덧붙였다.

"기왕 시작하신다면… 제대로 하시는 게 어떻습니까?"

"무슨 뜻인가?"

"이렇게 비리가 만연해 있는 것, 펜싱 종목만이 아닙니다. 비인기 종목들의 경우는 대부분 비리가 만연해 있다고 보시면 됩니다."

"이참에 비인기 종목들 위주로 싹 털어라?"

"네."

"마침 아시안 게임을 앞두고 있는 상황이니까 이슈가 되긴 하겠군."

천천히 고개를 끄덕이며 머릿속으로 주판알을 퉁기고 있는 이청솔을 향해 내가 다시 입을 뗐다.

"실은 제가 다른 비인기 종목들까지 조사해 달라고 부탁드리는 데는 나름의 이유가 있습니다."

"어떤 이유인가?"

"보는 눈이 있어서입니다."

"응?"

"선배님과 제 관계를 주시하는 사람들이 있습니다."

'유승아!'

내가 유승아를 떠올리며 말했다.

그리고 유승아만이 아니었다.

유승아가 주시하기 시작했으니 구룡그룹 유명석 회장도 이미 나와 이청솔의 관계에 대해서 알고 있을 가능성이 높았다.

"물론 저와 선배님 사이에 어떤 부정한 거래를 했던 것은 아니지만, 원래 말이란 것은 만들어 내기 따름이니까요. 미리 조심할 필요가 있다고 생각합니다."

내 우려를 들은 이청솔이 물컵을 들어 마신 후 사과했다.

"미안하군."

"네?"

"그런 부분은 내가 먼저 신경 썼어야 했는데 그렇게 하지 못했어. 그게 미안하단 뜻이야. 앞으로 내가 더 신경 쓰도록 하지."

내게 사과한 후 이청솔이 다시 질문했다.

"어디서부터 시작해야 할까?"

"정명섭 부회장부터 시작하시면 될 것 같습니다."

"정명섭 부회장?"

"현재 펜싱 협회 부회장을 맡고 있는 인물입니다."

"정명섭 부회장이 비리의 몸통이다?"

"네. 예전 펜싱 사브르 종목에서 활약했던 신복동이란 선수가 있었습니다. 한국 펜싱이 불모지라 불리고 있을 때, 신복동 선수는 세계 선수권 대회에 출전해서 개인전 4위까지 차지했을 정도로 좋은 선수였습니다. 당시 펜싱계 인물들은 신복동 선수가 아시안 게임에 출전해서 한국 최초로 남자 사브르 종목에서 메달을 획득할 거란 기대를 갖고 있었습니다. 하지만 그 기대는 빗나갔습니다. 신복동 선수가 국가 대표로 선발되지 못한 탓에 아시안 게임에 출전조차 못 했기 때문입니다."

"후배님 말대로라면 신복동이란 선수는 국가 대표로 선발되는 게 당연한 실력을 갖고 있었는데 국가 대표로 선발되지 못했다는 거지?"

"네."

"이유가 뭐지?"

"정명섭 부회장, 아니, 당시에는 펜싱 협회 사무총장이었으니까 정명섭 사무총장이라고 부르는 게 더 맞겠네요. 어쨌든 정명섭 사무총장이 신복동 선수가 국가 대표로 발탁되지 못하게 만들었습니다."

"그렇게 만든 이유는?"

"신복동 선수가 국가 대표 선발 시스템이 공정하지 않다고 주장했기 때문입니다. 정명섭 사무총장에게 반기를 들었던 셈이죠."

톡, 톡, 토독.

손가락으로 탁자를 두드리던 이청솔이 다시 질문했다.

"신복동 선수는… 몰랐나?"

"네?"

"정명섭 사무총장이 펜싱계의 실세다. 정명섭 사무총장에게 반기를 들면 본인에게도 손해가 발생한다. 이런 사실을 몰랐냐고 묻는 거야."

"아마 알고 있었을 겁니다."

"그런데도 반기를 들었다?"

"네."

"일종의 내부 고발자인 셈이로군."

내부 고발자라는 이청솔의 표현.

당시 신복동에게 딱 어울리는 표현이란 생각이 들어서 내가 고개를 끄덕일 때였다.

"그럼 내부 고발자가 된 이유도 있겠군. 보통 내부 고발자들이 등장할 때는 어떤 계기가 있는 법이거든."

"선배님 예상대로 계기가 있었습니다."

"어떤 계기였나?"

"정명섭 사무총장이 당시에 아시안 게임에 출전할 국가 대표로 현성체대 출신 선수를 발탁하려고 꼼수를 부렸기 때문입니다. 그 꼼수로 인해서 더 실력이 뛰어난 선수가 국가 대표로 발탁되지 못했고 아시안 게임 출전도 무산됐죠."

"혹시 정명섭 부회장이 현성체대 출신인가?"

"그렇습니다."

"학연으로 얽혔군. 대충 그림이 나오네."

이청솔에게 구구절절 설명할 필요는 없었다.

이 정도면 그는 어떤 상황인지를 파악하고 어디서부터 어떻게 수사해야 할지 감을 잡았을 것이었다.

"선배님만 믿겠습니다."

"후배님 부탁이니까 더 확실히 처리해야지."

이청솔이 웃으며 덧붙였다.

"따지고 보면 우리도 학연으로 얽힌 사이가 아닌가?"

*   *   *

"한국대학교 학연도 못지않다는 걸 보여 주자고."

만남의 끝 무렵, 이청솔이 웃으며 건넸던 말이었다.

당시만 해도 난 그저 농담이라 생각했다.

하지만 이청솔은 농담을 했던 게 아니었다.

"중영일보 스포츠 전담 기자인 강만수입니다."

얼마 지나지 않아서 내게 기자 한 명이 찾아온 것이 이청솔이 농담을 했던 게 아니라는 증거였다.

메이저 일간지 중 하나인 중영일보 스포츠 전담 기자인 강만수.

그는 한국대학교를 졸업한 인물이었다. 그리고 강만수가 날 찾아온 이유는 인터뷰를 하기 위함이었다.

"후배님이 매스컴의 주목을 받으면 정명섭 부회장도 당황할 거야. 그럼 둘 중 하나지. 후배님을 건드리는 것을 포기하거나, 아니면, 무리수를 두거나."

이청솔의 주장이 일리가 있다고 판단한 난 기꺼이 인터뷰에 응했다.

"한참 선배님이시니까 말씀 편하게 하시죠."

"그래도 될까?"

"그럼요."

"이렇게 만나서 반가워."

악수를 청한 강만수는 내게 호기심 섞인 시선을 던졌다.

"좀, 아니, 많이 의아했어."

"어떤 면이 의아하셨습니까?"

"진우 군이 한국대학교 재학생이라는 소식을 들었으니까. 한국대학교에는 펜싱부가 없는데 한국대학교 재학생이 협회

장 배 펜싱 대회에 출전해서 우승했으니까 어찌 놀라지 않을
수 있겠어?"

이청솔과 강만수는 달랐다.

강만수는 메이저 일간지 스포츠 전담 기자.

내가 협회장 배 펜싱 대회 남자 사브르 종목에 출전해서
우승한 게 대형 사건이라는 것을 굳이 설명하지 않아도 잘 알
고 있었다.

그리고 하나 더.

"내가 더 의아했던 것은 이런 대형 사건이 벌어졌음에도 불
구하고 전혀 이슈가 되지 않았다는 점이야."

"이유는 간단합니다."

"그 이유가 뭔가?"

"정명섭 부회장 때문입니다."

"펜싱 협회 정명섭 부회장?"

"네, 정명섭 부회장은 제가 협회장 배 펜싱 대회에서 우승
을 차지한 게 마음에 들지 않았던 것 같습니다."

내 대답을 들은 강만수가 흥미를 드러냈다.

"진우 군이 우승을 차지한 것을 정명섭 부회장이 싫어했다?
그럴 만한 이유가 있나?"

"크게 두 가지 이유가 있습니다."

"말해봐."

"우선 제가 현성체대 출신이 아니라 한국대학교 재학생이기

때문입니다."

"정명섭 부회장이 현성체대 출신이지?"

"네."

"나머지 이유는?"

"신복동 관장님 때문입니다."

"천재 검객 신복동?"

강만수는 신복동에 대해서 이미 알고 있었다.

그래서 설명할 수고를 던 내가 덧붙였다.

"제가 신복동 펜싱 클럽에서 펜싱을 배웠습니다. 신복동 관장님의 수제자인 셈이죠."

"오케이, 이해했어. 천재 검객 신복동이 펜싱계를 떠났던 사연에 대해서는 나도 대충 알고 있으니까."

강만수가 이해했다고 말한 순간, 내가 물었다.

"그런데 왜 침묵하셨습니까?"

"응?"

"좀 전에 천재 검객이라 불렸던 신복동 관장님이 펜싱계를 떠날 수밖에 없었던 사연에 대해서 알고 있다고 말씀하셨지 않습니까? 당시에도 기자 신분이셨을 텐데 왜 침묵하셨느냐고 물은 겁니다."

내 지적이 예리해서일까.

강만수가 머리를 긁적이며 대답했다.

"크게 두 가지 이유 때문이었어. 우선 펜싱은 비인기 종목이었어. 그래서 기사를 써 봐야 대중들이 관심이 주지 않았지. 나머지 하나의 이유는 힘이 없었기 때문이었어."

"힘이 없었다는 건 무슨 뜻입니까?"

"천재 검객 신복동 선수에 대한 기사를 쓰겠다고 했더니 편집장이 막더라고."

강만수가 대답을 마친 순간, 내가 다시 질문했다.

"달라질 게 있습니까?"

"응?"

"제 인터뷰가 기사로 나가지 않을 수도 있다는 우려가 들어서 드린 질문입니다."

"이번엔 무조건 다를 거야."

내 질문에 강만수가 확신에 찬 목소리로 대답했다. 그리고 그는 이번에는 다를 거라 확신한 이유를 밝혔다.

"일단 내가 힘이 좀 생겼거든. 그리고 천재 검객 신복동 선수와는 어떤 접점이 없었지만, 진우 군은 다르잖아."

"……?"

"한국대학교 졸업생과 재학생. 학연으로 얽힌 사이가 아닌가? 학교 후배가 부당한 일을 당할 위기에 처했는데 선배가 모른 척해서는 안 되지."

강만수가 펜과 수첩을 꺼내며 다시 입을 뗐다.

"일단 펜싱에 입문한 계기부터 시작할까?"

*   *   *

〈펜싱계를 깜짝 놀라게 한 한국대 재학 중인 천재 검객의 등장〉

기사 제목을 살피던 정명섭이 눈살을 찌푸렸다.

협회장 배 펜싱 대회 남자 사브르 종목에서 우승을 차지한 서진우와 관련된 기사가 나오지 못하도록 막았었다.

그런데 한참의 시간이 흐른 시점에 서진우의 우승과 관련된 기사가 나온 것이 정명섭의 심기를 불편하게 만든 것이었다.

'시기가… 안 좋아.'

하필 국가 대표 선발전을 앞둔 시기에 서진우 관련 기사가 등장한 것이 정명섭의 심기를 더욱 건드렸다.

서진우가 주목받으면 받을수록, 현성체대 출신인 신도훈을 국가 대표로 발탁하려는 자신의 계획에 차질이 빚어질 가능성이 높아서였다.

게다가 기사 내용에 신복동의 이름이 언급된 것도 마음에 들지 않았다.

― 한때 천재 검객이라 불렸던 신복동은 펜싱 협회 고위층의 비리를 고발했다가 불이익을 받으면서 펜싱계에서 퇴출당했었다. 그런 그가 절치부심해서 키운 제자가 바로 협회장 배 펜싱

대회에 처녀 출전 해 우승을 차지한 서진우다. 서진우는 스승인 신복동의 오랜 꿈이었던 아시안 게임 메달리스트라는 꿈을 대신 이뤄 주기 위해서……

"날… 저격했군."

기사 내용에 언급된 펜싱 협회 고위층은 자신이었다.

그 사실을 잘 알기에 더욱 언짢아진 정명석이 중영일보를 책상 위에 내던진 후 다음으로 국가 대표 선발전 대진표를 집어 들었다.

아직 공개되기 전이었지만, 정명섭은 이미 대진표를 입수한 상황.

그 대진표를 다시 살피던 정명섭의 표정이 더욱 구겨졌다.

"윤 감독은 아직이야?"

"거의 도착했다고 합니다."

자신의 심기가 불편함을 눈치챈 사무총장 이을병이 조심스럽게 대답했다.

그런 그가 한참을 망설이다가 다시 입을 뗐다.

"부회장님, 이번에는 조심하는 게 좋을 것 같습니다."

"무슨 소리야?"

"검찰 쪽 움직임이 심상치 않습니다."

"검찰?"

"양궁 협회에 제 후배가 있는데 얼마 전에 검찰에서 압수 수색이 들어왔다고 합니다."

"압수 수색을 한 이유는?"

"후배도 이유까지는 아직 모른다고 했습니다. 말 그대로 기습을 당했다고 했습니다."

"양궁 협회의 누군가가 밉보였나 보지."

"하지만……."

"양궁 협회 쪽과 우리는 달라. 배 의원님이 뒤에 계시니까 검찰이 함부로 날뛸 수 있을 리가 없어."

이을병은 아직 할 말이 남은 듯 보였지만, 정명섭은 손을 들어 그의 말을 막았다.

윤규엽이 부회장실로 들어오는 것을 확인했기 때문이었다.

"나가 있어."

"네."

이을병을 내보낸 후 정명섭이 자리에서 일어났다.

"윤 감독, 내가 왜 불렀는지 알고 있지?"

"그게……."

"구병길이 말이야. 왜 국가 대표 선발전에 참가 신청서를 낸 거야? 선수 관리를 대체 어떻게 하고 있는 거야?"

"죄송합니다."

"죄송하다고 하면 끝날 일이야?"

"……."

"가서 막아."

"네?"

"아직 안 늦었어. 참가를 못 하게 하든가, 기권을 하게 만들든가 하라고."

윤규엽이 긴장한 기색으로 조심스럽게 입을 뗐다.

"저도 그렇게 하고 싶은데 병길이의 뜻이… 너무 완강합니다."

"구병길이 계속 국가 대표 선발전에 출전하겠다고 고집을 피운다?"

"네."

"그럼 협박이라도 해."

"어떻게……?"

"신복동이 알지? 그 멍청한 새끼처럼 함부로 날뛰다가 펜싱계를 떠나고 싶지 않으면 내 지시대로 하라고 해."

"…알겠습니다."

"왜 아직 멍청하게 서 있어? 빨리 가서 내 말 전하지 않고."

"네? 네."

"똑똑히 전해. 내 뜻 거스르다가 선수 인생, 아니, 인생 종치는 수가 있다고."

윤규엽이 떠나고 혼자 남겨진 정명섭이 다시 대진표를 살폈다.

펜싱 협회는 자신의 성이었다.

이곳의 성주가 되기 위해서 그동안 얼마나 힘들었던가.

그리고 정명섭은 자신이 구축하고 군림하고 있는 단단한 성에 균열이 생기는 것을 원치 않았다.

누구도 감히 넘볼 수 없는 단단한 성을 만들고 싶었고, 그것을 위해서는 현성체대 출신 선수들과 코치들이 앞으로도 계속 뚜렷한 성과를 내야 했다.

대한민국에서는 결과만 좋으면 과정은 다 잊히는 법.

그게 정명섭이 지금까지 펜싱 협회라는 단단한 성을 쌓고 성주로 군림해 온 방식이었다.

이번에도 다를 것은 없었다.

잠시 시끄럽더라도 자신이 선발한 선수들이 아시안 게임에 출전해서 메달을 획득하면 자신이 성주로 군림하고 있는 성은 더욱 공고해지리라.

"구병길이 계속 고집을 피우면 대진표를 조정해야겠군. 그런데 기동민과 신도훈을 전부 국가 대표로 만들려면 어떻게 해야 하나?"

대진표를 노려보던 정명섭의 미간이 찌푸려졌다.

서진우와 구병길은 서로 반대편 조에 속한 상황.

기동민과 신도훈이 이 두 명을 모두 피하는 것은 불가능한 상황이었기 때문이었다.

"어떻게 대진표를 조정해야 하나?"

정명섭의 고민이 깊어졌다.

＊　　　　＊　　　　＊

국가 대표 선발전은 충북 진천에서 열렸다.

국가 대표 선발전이 열리기 하루 전, 신복동과 함께 진천에 도착했을 때 오산 시청 감독인 김상백이 기다리고 있었다.

"선배님."

"일찍 왔네."

"저와 잠깐 얘기 좀 하시죠."

"무슨 일인데?"

"꼭 드릴 말씀이 있습니다."

"급한 일이야?"

"네."

김상백의 표정이 심상치 않음을 확인한 신복동이 고개를 끄덕인 후 내게 고개를 돌렸다.

"잠깐 다녀올게."

"네, 천천히 다녀오시죠."

김상백과 함께 조용한 곳으로 걸어가는 신복동의 뒷모습을 바라보던 내가 희미한 미소를 머금었다.

'나와 감독님을 떼어 놓으려는 시도.'

정명섭 부회장의 의도를 간파했기 때문이었다.

잠시 후, 단정한 감색 양복을 입은 유순한 인상의 남자가 내게 다가왔다.

"펜싱 협회 사무총장을 맡고 있는 이을병입니다. 서진우 선수, 맞으시죠?"

"정명섭 부회장님이 절 만나고 싶어 하시나 보네요."

"그걸 어떻게……?"

"안내해 주시죠. 그렇지 않아도 한번 만나 보고 싶었습니다."

"알겠습니다. 저를 따라오시죠."

이을병이 앞장서서 걸음을 옮기기 시작했고 조용히 그의 뒤를 따라서 걷던 내가 입을 뗐다.

"많이 피곤해 보이시네요."

"네?"

"아까 보니까 눈자위가 붉게 충혈되셨더라고요. 간밤에 잠을 제대로 못 주무셨나 보네요."

"뭐, 잠을 좀 설치기는 했습니다."

"하긴 밤에 잠이 안 오실 만도 하죠. 요새 고민이 아주 많으실 테니까요."

이을병이 걸음을 멈추고 뒤따라 걷고 있던 내게 고개를 돌렸다.

"왜… 제가 고민이 많을 거라고 생각한 겁니까?"

"최근 검찰 측 움직임이 심상치 않으니까요."

"……?"

"양궁 협회에 이어서 수영 협회도 검찰에 의해 압수 수색을 당했죠. 다음 차례는 펜싱 협회일지도 모른다. 이런 우려를 하고 계시지 않습니까?"

내 질문을 받은 이을병의 눈동자가 크게 흔들렸다.

"그걸 어떻게……?"

"제가 어떻게 알고 있느냐가 궁금하신 거죠? 제가 알고 있는 게 당연한 겁니다."

"왜 당연하다는 겁니까?"

"이번 일, 제가 시작했으니까요."

"그게… 무슨 뜻입니까?"

"말 그대로입니다. 검찰이 아시안 게임을 앞둔 이 타이밍에 왜 뜬금없이 체육계 비리 수사에 나서서 양궁 협회와 수영 협회를 잇따라 압수 수색 했을까? 타이밍이 많이 이상하다는 생각을 하지 않았습니까?"

이을병이 마른침을 꿀꺽 삼켰다.

'왜 하필… 지금일까?'

체육계에 비리가 만연했다는 것.

공공연히 알려진 사실이었다.

그래서 언젠가는 체육계 비리와 관련된 수사가 시작될 거라고 어느 정도 예상했다.

하지만 의아한 것은 타이밍이었다.

방콕 아시안 게임이 반년 앞으로 다가온 시점에 검찰이 체육계 비리에 대한 전면 수사에 나선 것은 분명 의아했다.

실제로 검찰이 이 타이밍에 수사에 나선 것으로 인해 방콕 아시안 게임 준비에 차질이 빚어지고 있다는 볼멘소리와 불만도 현장에서 자주 터져 나오고 있는 상황이었다.

그때 서진우가 덧붙였다.

"하필 이 타이밍에 검찰이 체육계 비리를 전면 수사 하기 위해서 움직인 이유는 제가 비리를 제보했기 때문입니다."

그 이야기를 들은 이을병이 두 눈을 크게 치켜떴다.

'무슨 말도 안 되는……?'

쉽게 믿을 수 없는 이야기.

그래서 이을병이 황당하단 표정을 짓고 있을 때 서진우가 물었다.

"저에 대해서 얼마나 알고 계십니까?"

"한국대학교 법학과에 재학 중이라는 것, 그리고 협회장 배 펜싱 대회에 처녀 출전 해서 남자 사브르 개인전 종목 우승을 차지했다는 것 정도는 알고 있습니다."

이을병이 대답을 마친 순간, 내가 웃으며 말했다.

"저에 대해서 아는 게 거의 없으시네요."

"……?"

"지피지기면 백전불태라는 말이 괜히 있는 게 아닌데. 아무래도 이번에는 상대를 잘못 고르신 것 같습니다."

"그게 무슨……?"

"제가 머잖아 정명섭 부회장을 끝장낼 거란 뜻입니다."

"무슨 말도 안 되는 소리를 하는 겁니까?"

내가 곧 펜싱 협회 정명섭 부회장을 끝장낼 거라고 선언했지만, 이을병은 순순히 믿는 기색이 아니었다.

'하긴 곧이곧대로 믿기 힘들겠지.'

이을병은 나에 대해 잘 몰랐다.

아까 대답처럼 날 평범한 한국대학교 법학과 재학생으로 알고 있었다.

반면 정명섭 부회장에 대해서는 잘 알았다.

그가 가진 힘과 권력을, 또 그의 든든한 뒷배에 대해서도 잘 알고 있기에 더욱 내 말을 믿기 힘든 것이리라.

"이번 체육계 비리를 수사하는 검찰 책임자인 이청솔 서부지검장님, 저와 아주 막역한 선후배 관계입니다. 정명섭 부회장이 먼저 저를 건드리려 한다는 이야기를 전해 들으시고는 분기탱천하셨죠. 그리고 이참에 펜싱 협회 정명섭 부회장은 물론이고, 체육계 비리를 싹 쓸어버리겠다고 제게 약속하셨고요."

이을병은 가타부타 입을 열지 않고 날 유심히 바라보기만 했다.

지금 내가 꺼내고 있는 이야기를 대체 어디까지 믿어야 할지 확신이 서지 않기 때문이리라.

그런 그에게 내 말이 사실이라는 것을 확인시켜 주기 위해서 다시 입을 뗐다.

"이을병 총장님의 꿈이자 최종 목표, 대학교수이시죠? 그 목표를 이루기 위해서 여러 대학에서 시간 강사 생활을 꽤 오래 하셨더군요. 그 사이에 논문도 많이 쓰셨고, 이력만 놓고 보자면 교수로 임용될 자격을 충분히 갖추셨는데도 그동안 교수 임용에는 계속 실패하셨고요. 이을병 총장님과 비교해서 자격이 부족한 사람들이 먼저 교수로 임용되는 것을 지켜보시면서 아마 좌절감을 많이 느끼셨을 겁니다. 그래서 이을병 총장님이 선택한 것은 정명섭 부회장의 밑으로 들어가는 것이었습니다. 정명섭 부회장에게 충성을 다하는 대신 현성체대 교수 임용을 약속받는 조건이었겠죠."

"그걸 어떻게……?"

"아까 제가 말씀드렸잖습니까? 이청솔 서부지검장님과 막역한 선후배 관계라고. 덕분에 수사 관련 정보를 전해 들을 수 있었습니다."

이제 내가 하는 이야기가 빈말이 아니라는 것을 알아챘기 때문일까.

이을병은 당황한 기색이 역력했다.

그런 그에게 내가 다시 물었다.

"제가 이을병 총장님에 대해서 이 정도로 알고 있다는 게 뭘 의미하는 건지 짐작하시겠습니까?"

"……?"

"이을병 총장님이 수사 선상에 올랐다는 뜻입니다."

본인이 검찰 수사 선상에 올랐다는 사실을 알게 된 이을병은 당황한 기색이 역력했다.

그런 그가 안쓰럽게 느껴지긴 했지만, 난 공세의 고삐를 늦추지 않았다.

"양궁 협회와 수영 협회 다음은 펜싱 협회 차례라는 뜻입니다. 좀 더 정확히 말하면, 펜싱 협회가 메인 타깃이죠. 그리고 이을병 총장님이 곧 피의자 신분이 될 가능성이 높다는 뜻이기도 하고요."

내가 덧붙인 이야기를 들은, 이을병의 낯빛이 백지장처럼 창백하게 질렸다.

그런 그가 머릿속으로 분주히 주판알을 퉁기는 소리가 들리는 것 같다는 생각을 하며 내가 넌지시 알려 주었다.

"아무래도 교수 임용은 물 건너간 것 같습니다."

그 이야기를 듣고 이을병의 낯빛은 더욱 창백해졌다.

"사무총장이 핵심이야."

그런 그의 표정 변화를 유심히 살피던 내 귓가로 조동재 검사가 했던 말이 되살아났다.

*   *   *

서부지검 근처 갈매기살 전문점.

다시 만난 조동재는 이전과는 옷차림이 많이 달라져 있었다.

검사가 아니라 사건 현장을 누비는 형사처럼 항상 입고 있던 후줄근한 점퍼 대신 깔끔한 정장 차림으로 등장했다.

"오셨습니까?"

"잘난 후배님, 오랜만이야."

"네, 자주 연락드리지 못해서 죄송합니다."

"죄송할 것 없어."

"네?"

"그때 내가 했던 말 벌써 잊었어? 검사한테 줄 대려고 자주 연락하는 인간들은 지은 죄가 많은 놈들이라고 했잖아."

'시니컬한 건 여전하시네.'

옷차림은 예전과 달라졌지만, 성격은 그대로라는 생각을 하며 내가 다시 입을 뗐다.

"좋아 보이시네요."

"응?"

"옷차림이 달라지신 걸 보니 좋은 일이 있으신 것 같아서요."

조동재 검사의 옷차림이 갑자기 달라진 이유가 연애를 시작했기 때문이라고 짐작한 내가 호의를 베풀기 위해 제안했다.

"머잖아 레볼루션 필름에서 공동 제작 한 새 영화가 개봉

할 겁니다. 티켓 두 장 보내 드리겠습니다."

"마음 써 주는 건 고마운데 두 장은 필요 없어. 그냥 티켓
한 장만 보내."

"네?"

"같이 볼 사람이 없거든."

"……?"

"이제 김 수사관도 나랑 같이 영화 못 봐. 아니, 안 봐. 목하
열애 중이거든."

"선배님도… 연애하고 계시는 것 아닙니까?"

조동재는 내 질문에 바로 대답하지 않고 소주부터 원샷 했
다.

"크으, 쓰다."

오만상을 찌푸린 채 조동재가 뒤늦게 대답을 꺼냈다.

"연애를… 하긴 했었지."

'깨졌네.'

연애를 하고 있다가 아니라 연애를 했었다고 표현하는 것.

조동재 검사의 무척 짧았던 연애가 끝났다는 뜻이었다.

그 사실을 간파한 내가 희미한 웃음을 머금었을 때, 조동재
는 내 입가에 떠오른 미소를 놓치지 않고 언성을 높였다.

"방금 웃었지?"

"네? 그게 아니라……."

"아니긴 뭐가 아냐? 내가 두 눈으로 웃는 걸 똑똑히 봤는

데. 왜 웃어? 내가 다시 솔로가 됐다는 게 기쁜 일이야?"

'뭐 하나 놓치는 게 없네.'

검사답게 눈썰미가 무척 좋은 조동재가 매서운 추궁을 하는 것을 들은 내가 서둘러 손사래를 쳤다.

"그럴 리가요. 저도 마음이 무척 아픕니다."

"진짜 마음 아파?"

"네."

"아닌 것 같은데."

고개를 갸웃하던 조동재가 말을 이었다.

"어쨌든 알아서 조심해. 내가 요새 독이 바짝 올라 있거든. 뭐든 하나 걸리면 제대로 물어뜯어 버릴 거야."

그냥 하는 말이 아니었다.

실연의 아픔 때문일까.

조동재의 두 눈에는 잔뜩 독기가 깃들어 있었다.

"그런 의미에서 정명섭인가 하는 그 양반, 운이 더럽게 없어."

"……?"

"하필이면 독이 제대로 바짝 올라 있는 날 상대해야 하니까."

'내 입장에서는… 조동재 검사가 실연의 아픔을 겪고 있는 게 잘된 셈이네.'

이청솔 검사장이 가장 믿는 부하 검사가 조동재였다.

속된 말로 오른팔.

그리고 이청솔 검사장이 조동재 검사를 아끼고 믿는 이유는 일 처리 솜씨가 워낙 깔끔하고 정확하기 때문이었다.

그런데 평소에도 수사를 아주 잘하던 조동재 검사가 독이 제대로 오른 상태로 정명섭 부회장을 수사하기 시작했으니 아까 그의 표현대로 운이 없는 셈이었다.

그리고 조동재 검사가 실연의 아픔을 겪으며 평소보다 독이 바짝 올라 있는 것은 내 입장에서는 호재였다.

하지만 난 표정 관리에 애쓰며 입을 뗐다.

"잘 부탁드립니다."

"청탁하는 거야?"

"일종의 청탁이죠. 대가가 있으니까요."

"대가? 무슨 대가?"

"수사 잘 마무리되고 나면 소개팅 한번 시켜 드리겠습니다."

"소개팅?"

내가 제안한 대가를 들은 조동재가 두 눈을 빛내며 말했다.

"난 한 입으로 두말하는 놈들을 제일 싫어해. 아니, 경멸해."

"한 입으로 두말 안 합니다."

"오케이. 잘난 후배님이 점점 더 마음에 들기 시작하는군."

조동재가 만족한 표정을 지은 순간, 내가 다시 입을 열었다.

"그런데 만만치 않은 상대일 겁니다."

"누구? 정명섭?"

"네, 오랫동안 펜싱계를 장악하고 있다는 것, 정명섭 부회장이 절대 만만한 인물이 아니라는 증거죠."

"잘난 후배님 말대로야. 살짝 파 봤는데… 횡령에 뇌물, 승부 조작까지. 부회장이란 인간이 손을 안 댄 게 없어. 그런데 그걸 부회장이 주도했다는 증거가 거의 남아 있지 않아. 증거 인멸을 아주 꼼꼼하게 잘했다는 뜻이지."

"그럼 처벌을 못 하는 겁니까?"

"에이, 나 조동재야. 그리고 내가 요새 독이 바짝 올라 있다니까. 증거 인멸 잘했다고 그냥 넘어가 줄 생각은 추호도 없어. 부회장이 사무총장이던 시절부터 하나씩 까 보다 보면 분명히 뭔가 나올 거야."

*　　　　　*　　　　　*

조동재는 빈말을 하는 스타일이 아니었다.

그가 독하게 마음을 먹었으니 정명섭의 죄를 어떻게든 찾아내서 밝혀내리라.

게다가 소개팅까지 걸려 있으니 더욱 악착같이 수사하리라.

난 조동재의 수사 능력은 의심하지 않았다.

하지만 문제는 시간이었다.

국가 대표 선발전이 코앞으로 다가온 상황.

정명섭은 자신이 점찍어 둔 선수들이 국가 대표로 발탁될 수 있도록 온갖 꼼수를 사용할 것이었다. 그리고 그의 계획대로 상황이 흘러가서 방콕 아시안 게임에 출전할 국가 대표 선수들이 발탁이 되고 나면 그걸로 끝이었다.

펜싱 협회에 비리가 있었고, 국가 대표 선발 과정에서 부정한 정황이 있었다는 검찰 조사 결과가 뒤늦게 발표되더라도 이미 발탁된 방콕 아시안 게임 국가 대표 명단이 바뀔 가능성은 무척 낮았다.

즉, 그때는 너무 늦게 된다는 뜻이었다.

그래서 내가 조심스럽게 입을 뗐다.

"선배님 말씀대로라면 시간이 꽤 걸릴 것 같은데요?"

"그렇겠지."

"좀 더 일찍 정명섭 부회장을 잡아넣을 방법은 없습니까?"

"시간이 별로 없다?"

"네."

"그게 쉽지는 않아."

조동재가 팔짱을 끼며 덧붙였다.

"아까도 말했듯이 정명섭 그 양반이 아주 꼼꼼한 편이라 증거 인멸을 아주 잘했거든. 게다가 정계 쪽에 뒷배도 있어서 말이지."

"그럼 방법이 전혀 없는 겁니까?"

"방법이… 아주 없지는 않아."

"그 방법이 무엇입니까?"

"간단해. 내부 고발자를 등장시키는 거지."

"내부 고발자요?"

"그래, 정명섭 그 양반이 꼼꼼하게 증거 인멸을 한 건 워낙 조심성이 있어서이기도 하지만, 펜싱 협회에 근무하는 조력자의 도움도 있었다는 뜻이야. 만약 그 조력자가 증거를 들고 찾아와서 입만 열면 일쩍 끝난다는 뜻이야."

"조력자라면… 사무총장을 말씀하시는 건가요?"

조동재가 씨익 웃었다.

"우리 후배님, 말귀를 찰떡같이 잘 알아듣는 걸 보니 검사 일 바로 시작해도 잘하겠네."

"맞다는 뜻이죠?"

조동재가 고개를 끄덕이며 덧붙였다.

"그래, 사무총장이 핵심이야."

*　　　*　　　*

누구나 인생의 목표가 있다.

이을병 사무총장도 마찬가지였다.

그의 인생 목표는 대학교수.

그런데 오랜 꿈이자 인생의 목표를 이루는 것이 물거품이 될 수 있다는 사실을 알게 된 이을병은 초조한 기색이 역력했다.

그런 그를 더 초조하게 만들어 주기 위해서 내가 부연했다.

"만약 피의 사실이 인정돼서 실형을 선고받게 되면 이을병 총장님이 대학교수로 임용되는 것은 완전히 물 건너가는 셈이니까요."

"나는… 나는……."

"운이 참 없으시네요. 라인을 잘못 탔으니까요."

"……"

"정명섭 부회장과 함께 침몰하시죠."

비로소 상황의 심각성을 깨달은 이을병은 석상처럼 굳어 있었다.

"안내 안 해 주실 겁니까? 늦으면 정명섭 부회장이 화를 낼 텐데요?"

내가 안내를 재촉했음에도 불구하고 그는 여전히 움직이지 않았다.

"내가 정말… 구속될 수도 있습니까?"

"검사장님 말씀으로는 그럴 확률이 높습니다."

"말도 안 됩니다."

"왜 말도 안 된다고 생각하시는 겁니까?"

"저는 그냥 정명섭 부회장이 시키는 대로 했을 뿐이니까요."

"억울하다?"

"네."

"저도 일정 부분 억울한 점이 있다는 사실 정도는 알고 있습니다. 그런데 나쁜 일을 하긴 했죠."

"……?"

"그게 나쁜 일이라는 것을 모르고 정명섭 부회장의 지시대로 움직였던 것은 아니지 않습니까? 그래서 이을병 총장님의 죄가 성립되는 겁니다."

처참하리만치 표정이 일그러져 있는 이을병을 향해 내가 물었다.

"이대로 정명섭 부회장과 같이 침몰하시겠습니까? 아니면, 침몰하는 배에서 이을병 총장님은 먼저 탈출하시겠습니까?"

예상치 못했던 제안이어서일까.

이을병이 아래로 내리깔고 있던 고개를 번쩍 들며 물었다.

"침몰하는 배에서 먼저 탈출하는 방법이 있습니까?"

"이번 수사에 적극 협조 하는 겁니다."

"……?"

"수사에 적극적으로 협조하시면 정상참작이 될 겁니다. 아니, 정상참작을 받을 수 있다고 제가 약속드리겠습니다."

"서진우 씨가 어떻게……?"

"아까 제가 이청솔 검사장님과 막역한 사이라고 말씀드렸지 않습니까?"

내가 웃으며 대답한 후 휴대 전화를 꺼냈다. 그리고 조동재 검사에게 전화를 걸었다.

"잘난 후배님, 성공했어?"

"거의 성공한 것 같습니다."

"재주도 참 좋아."

"나머지는 선배님께 부탁드리겠습니다."

"오케이, 바꿔 봐."

내가 휴대 전화를 이을병의 앞으로 내밀었다.

"받아 보시죠."

"누굽… 니까?"

"서부지검 조동재 검사입니다. 이청솔 검사장님의 오른팔이라 알려진 검사이고, 펜싱 협회 수사를 직접 지휘하시는 검사님이기도 합니다."

"아!"

조동재 검사가 자신의 유일한 구명줄임을 본능적으로 알아채서일까.

이을병은 크게 심호흡을 한 후 휴대 전화를 건네받았다.

"펜싱 협회 사무총장 이을병입니다."

그리고 긴장한 채 조동재 검사와 통화하던 이을병은 약 2분 후 통화를 마치고 휴대 전화를 돌려주었다.

그런 그에게 내가 말했다.

"침몰하는 배에서는 빨리 탈출하는 게 현명한 겁니다."

"……?"

"방금 현명한 선택을 내리신 겁니다."

*　　　*　　　*

정명섭이 서진우를 매섭게 노려보았다.

마음 같아서는 이번 국가 대표 선발전에 출전하지 말고 기권하라고 소리치며 협박하고 싶었지만, 세상일에는 순서가 필요했다.

그래서 정명섭은 애써 흥분을 가라앉히고 입을 뗐다.

"펜싱 협회 부회장을 맡고 있는 정명섭이라고 하네."

"서진우입니다."

"화제의 인물을 직접 만나게 돼서 반갑군."

"화제의 인물까지는 아닙니다."

"응?"

"화제의 인물이 될 수 있는 기회를 부회장님이 막으셨죠."

서진우가 꺼낸 이야기를 들은 정명섭이 슬쩍 눈살을 찌푸렸다.

"무슨 뜻인가?"

"협회장 배 펜싱 대회에서 우승을 차지한 후에 저에 관한 기사가 나가는 것을 부회장님이 막으셨지 않습니까?"

"나에 대해서 뭔가 오해를 하고 있는 것 같군."

"오해하는 것 아닌데요."

"……?"

"중영일보 강만수 기자님, 제 대학 선배입니다. 그래서 인터뷰를 할 때 여쭤봤더니 당시에 부회장님이 기자들에게 지시해서 저와 관련된 기사가 나가는 걸 막았다는 사실을 알려 주시더라고요."

서진우가 차를 한 모금 마신 후 덧붙였다.

"운이 없으셨습니다."

"왜 내가 운이 없었다는 건가?"

"하필 제가 펜싱을 시작했으니까요."

"……?"

"원래는 펜싱이 아니라 검도를 할 생각이었거든요."

영문을 모르겠다는 표정을 짓고 있는 정명섭에게 내가 설명을 더했다.

"그런데 알아보니까 검도는 아시안 게임 정식 종목이 아니더군요. 그래서 어쩔 수 없이 펜싱으로 갈아탔습니다. 그리고 제가 펜싱으로 갈아탄 것이 부회장님이 운이 없다고 말씀드린 이유입니다."

"지금 무슨 말을 하는 건지 이해가 잘……."

"제가 꼭 아시안 게임 국가 대표로 발탁돼야 하거든요. 그런데 정명섭 부회장님이 걸림돌이더라고요. 그래서 그 걸림돌을 이번 기회에 치워 버리기로 결정했습니다."

정명섭이 표정을 일그러뜨렸다.

'세상 물정 모르는 하룻강아지.'

방금 대화를 통해서 서진우에게 내린 평가였다.

그렇지만 아직 새파랗게 어린놈이 자신에게 선전 포고를 하는 것을 들으니 기분이 더러운 것은 어쩔 수 없었다.

"건방진 건 똑같군."

그래서 정명섭이 가면을 벗고 입을 뗐다.

"누구와 똑같다는 겁니까?"

"겁도 없이 내게 반기를 들었다가 펜싱계에서 쫓겨났던 신복동, 그 멍청한 인간이랑 똑같단 뜻이야."

"저와 신 관장님은 여러모로 다릅니다."

"뭐가 다르다는 거지?"

"저는 예전 신 관장님과 달리 힘이 있거든요."

"힘이 있다? 무슨 힘이 있다는 거지?"

정명섭이 코웃음을 치며 물은 순간, 서진우가 대답했다.

"부회장님을 파멸로 이끌 힘이 있죠."

'주제 파악을 전혀 못 하는 놈이로군. 아니, 제정신이 아닌 건가?'

퍼뜩 든 생각.

그래서 서진우를 더 상대하는 대신, 정명섭이 용건을 꺼냈다.

"이번 국가 대표 선발전에는 참가하지 않았으면 해."

"기권하란 뜻입니까?"

"맞아."

"왜요?"

"내가 그걸 원하니까."

"……?"

"내 지시를 따르면 그에 대한 보상을 해 주지."

"어떤 보상을 해 준다는 겁니까?"

"다음 아시안 게임에 출전해서 메달을 딸 수 있게 만들어 주겠다고 약속하지."

서진우는 바로 대답하지 않고 머뭇거렸다.

그 모습을 확인한 정명섭이 서둘러 덧붙였다.

"자넨 아직 젊어. 그러니까 굳이 이번일 필요는 없어."

"하지만……."

"그리고 하나 더. 자넨 스타성이 있어. 외모도 잘생긴 편이고, 학벌도 좋으니까. 내가 자넬 펜싱계의 스타로 만들어 주지. 그것도 약속해."

물론 서진우에게 방금 한 약속을 지킬 생각은 없었다.

그렇지만 지금은 서진우가 국가 대표 선발전 출전을 포기하게 만드는 것이 급선무.

그리고 이 정도 조건이라면 서진우가 절대 거절할 수 없을 거라고 예상했는데.

"이상한 이야기네요."

서진우는 자신이 제시한 조건을 수용하는가 여부에 대해서 가타부타 답하는 대신, 다른 이야기를 꺼냈다.

"다음 아시안 게임까지는 아직 시간이 많이 남았습니다. 그리고 제가 다음 아시안 게임 남자 사브르 종목에 출전하기 위해서는 우선 국가 대표로 선발이 돼야 합니다. 그때 제가 국가 대표로 선발될 수 있을 거라고 부회장님은 대체 어떻게 확신하시는 겁니까?"

"내가 그렇게 만들어 줄 테니까."

"그렇게 만들어 준다는 게 무슨 뜻입니까?"

"말 그대로야. 방법은 아주 많아."

"절 국가 대표로 발탁할 수 있는 방법이 많다는 뜻입니까?"

"그래."

"어떻게요?"

"예를 들면 자네와 시합에서 만나는 선수들이 기권을 하거나 경기 도중에 고의로 져 주는 방법이 있지."

"절 국가 대표로 만들어 주기 위해서 다른 선수들이 시합을 앞두고 기권을 하거나 경기에서 고의로 패할 거란 말씀입니까?"

"맞아."

"에이, 그게 어떻게 가능합니까?"

"왜 불가능할 거라고 생각하는 거지?"

"나라면 절대 그렇게 안 할 거거든요."

서진우의 대답을 들은 정명섭이 희미한 미소를 머금었다.

"자네와 다른 선수들은 입장이 달라."

"무슨 입장이 다르다는 말씀입니까?"

"다른 길이 막혀 있으니까."

"……?"

"자네는 한국대학교 법학과에 재학 중이라서 펜싱을 그만두다고 하더라도 다른 길이 열려 있지. 사법 고시에 합격해서 법조인으로 살아가면 되니까. 아니면, 좋은 기업에 취직을 해도 되고 말이야. 그런데 다른 선수들은 달라. 할 줄 아는 게 펜싱뿐이지. 그래서 이 바닥에 뼈를 묻어야 하는 상황이야. 그리고 이 바닥에서 밥이라도 빌어먹고 살려면 내 심기를 절대 건드려서는 안 된다는 사실 정도는 다들 잘 알고 있지. 내 표현이 너무 점잖았나? 좀 더 적나라하게 표현하면 내가 죽으라면 죽는 시늉까지 할 놈들이란 거야. 그런데 경기를 앞두고 기권하라거나 경기에서 고의로 패하라는 내 지시를 감히 거스를 수 있을까?"

"듣고 보니 부회장님의 지시를 거스르는 것이 쉽지는 않겠네요."

"그렇다니까."

"덕분에 새삼 깨달았습니다."

"내 영향력이 어느 정도인지 이제야 깨달았단 뜻인가?"

"아니요."

"그럼 뭘 깨달았단 건가?"

"펜싱계가 자정 능력을 잃어버렸을 정도로 지독하게 썩었다는 걸 깨달았습니다."

'이 새끼가 진짜!'

정명섭이 이를 악물며 손을 들어 올렸다.

건방지기 짝이 없는 어린놈의 뺨을 후려갈기고 싶은 것을 정명섭이 필사적으로 참고 있을 때였다.

"어쨌든 무슨 말씀을 하고 싶은가는 알겠습니다. 그런데 말입니다. 아까 제게 하셨던 그 약속은 지키기 힘들 것 같은데요."

서진우가 얄밉게 웃으며 말했다.

"내가 한 말을 아직 제대로 이해 못 한 모양이군. 그래서 이런 이야기를 하는 거야. 난 그 약속을 지킬 힘과 권력을 갖고 있는 사람이야. 그러니까……."

"아니요."

"……?"

"그때는 제가 펜싱을 안 할 겁니다. 그러니까 다음 아시안 게임에 출전해서 메달을 딸 수 있게 만들어 준다는 그 약속을 지킬 수 있을 가능성은 없죠."

'펜싱을… 관둔다고?'

이건 예상치 못했던 이야기.

그로 인해 정명섭이 당황했을 때, 서진우가 덧붙였다.

"그리고 설령 제가 그때까지 펜싱을 계속한다고 해도 당신에게는 그 약속을 지킬 힘과 권력이 남아 있지 않을 겁니다. 아까 제가 말씀드리지 않았습니까? 내가 당신을 머잖아 파멸로 이끌 거라고."

*   *   *

부대찌개 전문점.

저녁 식사를 함께하기 위해서 서진우와 마주 앉아 있었지만, 신복동은 입맛이 없었다.

"정명섭 부회장이 본격적으로 움직였습니다. 서진우가 많이 걱정됩니다."

김상백이 자신을 찾아와서 했던 이야기가 계속 신경이 쓰였기 때문이었다.

그래서 젓가락으로 밥공기 안의 밥알을 께적이고 있을 때였다.

"입맛이 없으신가 보네요?"

서진우가 질문했다.

"걱정거리가 좀 있어서."

"저한테 말씀해 보시죠."

"응?"

"백지장도 맞들면 낫다는 속담이 있지 않습니까? 그러니 제가 관장님의 걱정을 덜 수 있도록 도움이 될 수도 있지 않겠습니까?"

"도움이 안 돼."

신복동이 딱 잘라 대답했다.

그렇지만 서진우는 순순히 포기하지 않았다.

"대충은 짐작할 수 있습니다."

"응?"

"관장님이 이렇게 심란해하시는 것, 펜싱 협회 정명섭 부회장 외에는 달리 이유가 없을 테니까요."

"알고 있으면 더 말할 필요 없겠네."

"저도 원래는 그럴 생각이었는데… 미안해서 생각이 바뀌었습니다."

"뭐가 미안하다는 거야?"

"관장님은 이렇게 입맛이 없으신데 저 혼자 밥을 맛있게 먹는 것이 미안하단 뜻입니다. 그래서 알려 드려야겠네요."

"뭘 알려주겠단 거야?"

"정명섭 부회장의 시간, 이제 얼마 안 남았습니다."

서진우가 힘주어 말했지만, 신복동은 환하게 웃을 수 없었다.

이런 이야기를 자신 있게 꺼낸다는 것이 서진우가 정명섭이 얼마나 무섭고 지독한 인간인지 모른다는 증거였으니까.

그런 자신의 반응이 마음에 들지 않았던 걸까.

서진우가 다시 입을 뗐다.

"그때와 비슷한 반응이네요."

"언제를 말하는 거야?"

"제가 협회장 배 펜싱 대회에서 참가해서 우승을 차지할 거라고 말했을 때 말입니다. 그때도 비슷한 반응이셨거든요."

'그렇긴 하군.'

신복동이 쓰게 웃었다.

협회장 배 펜싱 대회에 참가해서 우승을 차지하겠다고 호언장담하던 당시의 서진우는 아마추어였다.

아니, 아마추어라고 부르기도 어려웠다.

대회 출전 경험은커녕 펜싱 경력도 거의 없다시피 한 생초보나 다름없었으니까.

그래서 말도 안 되는 헛소리라고 생각해서 코웃음을 쳤었다.

그리고 지금도 서진우가 꺼낸 이야기가 말이 안 되는 소리라고 생각하는 것은 마찬가지.

그때, 서진우가 다시 말했다.

"제가 맞고 관장님이 틀리셨죠."

"그래, 하지만 이번에는 그때와는 달라."

"다를 것 없습니다."

"진우, 네가 정명섭 부회장에 대해서 몰라서 이런 이야기를……."

"관장님도 저에 대해서 모르시는 건 마찬가지입니다."

"……?"

"저는 관장님이 짐작하시는 것보다 훨씬 많은 일을 할 수 있습니다. 예를 들면… 검찰을 움직일 수 있죠."

서진우가 꺼낸 이야기를 들은 신복동이 수저를 내려놓으며 물었다.

"방금 뭐라고 했어? 검찰을 움직일 수 있다고 했어?"

"네."

"이거야 원. 점점 뜬구름 잡는 소리만 하는군."

서진우가 한국대학교 법학과에 재학 중이란 건 알고 있었다.

그러나 일개 대학생에 불과한 서진우가 검찰을 움직일 수 있다는 이야기를 하는데 어찌 순순히 믿을 수 있을까.

"역시 안 믿으시네요."

"내가 그 말도 안 되는 이야기를 믿을 거라고 생각했어?"

"그럼 믿게 해 드리죠."

서진우가 벌떡 일어나서 어디론가 걸어갔다.

그런 그가 잠시 후 집어 든 것은 리모컨이었다.

띠리릭.

리모컨으로 식당 내에 설치된 TV의 전원을 켠 후 서진우가 말했다.

"직접 보시죠."

"갑자기 뭘 보란……?"

신복동이 질문하던 도중에 입을 다물었다.

대신 TV 뉴스를 진행하는 앵커의 목소리에 귀를 기울였다.

"다음 소식입니다. 체육계 비리를 전면 수사 하고 있는 검찰이 양궁 협회와 수영 협회에 이어서 펜싱 협회에 대한 압수 수색을 단행했습니다. 검찰 측에 따르면 현재 펜싱 협회 고위층 인사의 횡령 및 배임 등의 비리에 대한 제보가 있었고, 제보를 뒷받침할 구체적인 물증을 확보하기 위해서 이번 압수 수색을 단행했다고 밝혔습니다. 검찰 측은 이미 상당 부분의 증거를 확보해서 비리 입증에 대한 확신을 갖고 있는 것으로 알려진 가운데 검찰의 전방위적인 비리 수사로 인해 체육계는 긴장한 기색이 역력합니다. 다음 소식입니다."

잠시 후 신복동이 입을 쩍 벌렸다.

검찰이 펜싱 협회를 압수 수색 한 것, 그리고 뉴스 앵커가 언급한 펜싱 협회 고위층 인사가 정명섭이란 사실을 짐작하는 것이 가능해서였다.

그때, 서진우가 말했다.

"체육계 비리 수사, 서부지검이 진행하고 있습니다. 그리고 서부지검 지검장님이 저와 아주 친분이 깊습니다. 이제 제 말을 믿으시겠습니까?"

"진우, 네 말은 검찰이 지금 체육계 비리를 수사하는 것이… 우연이 아니란 뜻이야?"

"네. 우연 아닙니다."

"너… 정체가 뭐야?"

"에이, 벌써 놀라시면 곤란한데요."

"응?"

"더 놀랄 일이 아직 많이 남아 있거든요."

'뭘까?'

서진우가 언급한 자신이 놀랄 일이 무엇인지 궁금해서 미칠 지경이었다.

그렇지만 서진우는 호기심을 풀어 주는 대신 제안을 했다.

"입맛도 없으신 것 같은데 이만 일어나시죠."

"왜 벌써 일어나?"

"만날 사람이 있거든요."

"지금 만날 사람이 있다고?"

"네."

"누군데?"

정명섭의 질문에 서진우가 웃음을 머금은 채 대답했다.

"대단한 부자입니다. 그러니까 만나서 비싼 것 실컷 얻어먹으시죠."

　　　　　*　　　　　*　　　　　*

　"돌아 버리겠네."

　호텔 방에서 TV 뉴스를 지켜보던 정명섭이 화를 참지 못하고 리모컨을 집어 던졌다.

　퍽.

　딩동.

　벽에 부딪친 리모컨이 박살 난 순간, 초인종 소리가 울렸다.

　"누구야?"

　"사무총장입니다."

　숙소로 사용하고 있는 호텔 방을 찾아온 것이 이을병이란 사실을 확인한 정명섭이 문을 열었다.

　"지금 뭐가 어떻게 돌아가고 있는 거야?"

　"저도 잘 모르겠습니다."

　"잘 모르겠다니? 당신이 모르면 어떡해?"

　"그래서 제가 조심하시는 편이 좋을 거라고 충고드렸지 않습니까?"

　"검찰 새끼들이 이렇게 갑자기 움직일 줄 누가 알았어? 아, 진짜 타이밍 엿같네. 하필 왜 이 타이밍에 검찰 새끼들이……."

정명섭이 하려던 말을 마치지 못하고 도중에 입을 다물었다.

잠기지 않은 문을 통해 호텔 방 안으로 들어오는 남자를 발견했기 때문이었다.

"넌 뭐야? 뭔데 남의 방에 들어오는 거야?"

"당신이 새끼라고 욕한 사람."

"......?"

"말귀 못 알아 처먹어? 검사라고, 이 새끼야."

정명섭의 말문이 일순 막혔다.

갑자기 검사가 찾아온 것도 당황스러웠고, 젊은 검사가 다짜고짜 상스러운 욕설을 내뱉은 것도 무척 당황스러웠기 때문이었다.

"진짜 검사 맞아?"

"왜? 욕하는 것 들으니까 검사가 아닌 것 같아? 원래는 내가 이러지 않는데 요새 기분이 좀 더러워서 그러니까 이해하라고."

"......"

"에잇, 말귀 못 알아 처먹는 데다가 의심도 더럽게 많네. 눈깔은 제대로 달려 있지? 여기 내 신분증이다. 똑똑히 봐."

'서부지검 평검사 조동재?'

검사 신분증을 확인한 정명섭이 표정을 굳혔다.

비록 평검사라고 하나 상대는 검사.

함부로 대할 수는 없었다.

"검사님이 무슨 일 때문에 찾아왔습니까?"

"머리도 나쁘네."

"……?"

"검사가 움직이는 이유는 하나뿐이지. 범죄자 새끼가 여기 있으니까 찾아온 거야."

조동재가 언급한 범죄자가 자신임을 직감한 정명섭이 서둘러 말했다.

"무슨 오해가 있으신 것 같은데……."

"오해한 적 없거든. 당신이 범죄를 저질렀다는 증거 다 확보하고 나서 찾아온 거니까."

'그럴 리가… 없어.'

정명섭이 눈매를 가늘게 좁혔다.

그동안 펜싱계 왕으로 군림하면서 이런저런 비리를 저지르기는 했지만, 철저하게 증거를 인멸해 왔다.

그런데 방금 조동재가 말한 대로 이미 증거를 확보했을 리가 없었다.

'거짓말이야.'

그래서 조동재가 지금 거짓말을 하고 있는 거라 확신한 정명섭이 간신히 여유를 되찾았을 때였다.

"왜? 내가 거짓말하고 있는 것 같아? 그거 착각이야. 난 거짓말 못 해. 술 담배 싹 끊겠다는 거짓말을 못 해서 십 년 만에 시작한 연애도 얼마 안 가 쫑 난 사람이 바로 나거든."

"……?"

"실업 팀 감독들한테 돈 받았잖아. 감독으로 꽂아 줄 때 돈 받았고, 실업 팀 운영비 중 일부 빼돌린 감독들이 상납한 돈도 넙죽넙죽 받아 챙겼고. 돈 받을 때는 좋았지?"

정명섭의 눈동자가 흔들렸다.

'어떻게 알았지?'

자신이 직접 꽂아 준 실업 팀 감독들에게서 돈을 받았다는 사실을 조동재가 이미 알고 찾아왔다는 것이 당혹스러웠기 때문이었다.

하지만 순순히 뒷돈을 받았다고 시인할 수는 없는 노릇.

그래서 정명섭이 표정 관리에 신경 쓰며 언성을 높였다.

"누가 그런 이야기를 했는지 모르겠지만, 그건 날 죽이기 위한 모함이야."

"모함이다? 그래. 보통 처음에는 다 그렇게 이야기하더라고."

정명섭이 모함이라고 주장했지만, 조동재는 코웃음을 치며 덧붙였다.

"그런데 그게 다가 아니던데? 정부에서 나오는 펜싱 협회 보조금에도 손댔고, 기업 후원금도 야금야금 많이도 빼돌렸더라고. 그렇게 빼돌린 돈으로 땅이랑 집 많이 샀더라? 그런데 증거 인멸은 철저하게 했던 양반이 땅 사고 집 살 때는 왜 그렇게 조심성이 없었어? 가족 명의로 땅 사고 집 사면 금방 들킨다는 것 몰랐어?"

　정명섭의 등줄기를 타고 식은땀이 흘러내리기 시작했다.

　조동재가 거짓말을 하고 있을 거란 예상은 빗나갔다.

　정말 다 알고 찾아와 있었다.

Chapter. 4

'어떻게 다 알아낸 거지?'

정명섭의 머릿속이 하얗게 변한 순간이었다.

"아, 이제 보니 조심성이 없는 게 아니라 의심이 많아서 그
랬을 수도 있겠네. 언제 배신할지 모르는 남은 못 믿겠어서 위
험한 걸 알면서도 가족 명의로 집을 사고 땅을 샀던 거지. 그
게 당신 발목을 잡게 될지도 모르고 말이야."

조동재는 거침없이 이야기를 쏟아냈다.

'이제 어떻게 해야 하지?'

이 상황을 타개할 마땅한 방법이 떠오르지 않아서 정명섭
의 머릿속이 뒤죽박죽으로 변했을 때였다.

"마지막으로 하나만 더 묻자. 결혼했어?"

'갑자기… 이건 왜 묻는 거지?'

질문의 의도를 파악하지 못한 정명섭이 연신 두 눈을 껌벅이고 있을 때, 조동재가 대답을 재촉했다.

"결혼했냐고?"

"네, 했습니다."

그리고 정명섭이 결혼했다고 대답한 순간, 조동재가 버럭 소리를 질렀다.

"와아, 진짜 기분 엿같네. 이런 인간 말종도 연애하고 결혼하는데 나처럼 거짓말 안 하고 착하게 사는 공무원이 연애도 못 하고 결혼도 못 하는 건 인간적으로다가 너무 불공평한 것 아냐?"

*　　　　*　　　　*

'누구를 만나는 걸까?'

서진우가 운전하는 각그랜저 조수석에 탄 신복동은 호기심이 극을 향해 치달았다.

몇 번 물어봤지만, 서진우는 끝내 누구를 만나는 건지 대답해 주지 않았다.

다만 곧 만나게 될 사람이 누군지 알게 되면 깜짝 놀랄 거란 언질만 주었다.

그때, 서진우가 운전하는 차량이 속도를 줄이며 멈춰 섰다.

용천각.

잠시 후 신복동의 눈에 한자로 적힌 고풍스러운 간판이 들어왔다.

신복동도 이름을 몇 번 들어 본 적 있는 유명한 한정식집답게 가게 앞은 고급 세단들이 가득 주차되어 있었다.

잠시 후, 차량 앞으로 검정색 정장을 입은 남자가 다가왔다.

"서진우 씨 본인입니까?"

"맞습니다."

"오시느라 고생 많으셨습니다."

"별말씀을요."

"주차는 저희가 하겠습니다."

"알겠습니다."

남자가 고개 숙여 인사하며 운전석 차 문을 열었다.

서진우가 차에서 내렸고, 신복동도 엉겁결에 문을 열고 차에서 내렸다.

"저를 따라오시면 됩니다. 회장님께서 기다리고 계십니다."

또 다른 남자가 다가와 안내를 자처했고, 서진우와 함께 걸어가며 주변을 살피던 신복동은 뒤늦게 깨달았다.

이들이 손님이 아니라 경호 인력과 수행 인력이라는 것을.

'대체 누구길래?'

경호 인력을 비롯한 수행 인원들의 수가 엄청나게 많다는 사실을 뒤늦게 깨달은 신복동은 이곳에서 서진우와 함께 만날 인물에 대한 궁금증이 더욱 치밀었다.

잠시 후, 마침내 신복동의 궁금증이 해소됐다.

'어… 저 사람은?'

특실에 도착해 있는 중년 남자의 얼굴을 확인한 신복동이 두 눈을 크게 떴다.

TV에서 몇 차례 본 적이 있기에 중년 남자의 얼굴이 눈에 익었다.

'구룡그룹 유명석 회장!'

대한민국 재계 수위를 다투고 있는 구룡그룹의 회장인 유명석이 자신의 눈앞에 서 있는 것.

굉장히 비현실적이었다.

그래서 신복동이 크게 당황했을 때였다.

"왜 날 만나자고 청했나?"

유명석 회장이 인사도 건너뛰고 서진우에게 용건을 물었다.

'원래… 아는 사이였나?'

서진우가 먼저 만남을 청했고, 유명석 회장이 그 청을 수용했다는 사실을 알고 신복동이 더 놀랐을 때였다.

"회장님께 드릴 부탁이 있어서 만남을 청했습니다."

"내게 부탁이 있다?"

유명석 회장이 가볍게 고개를 끄덕인 후 자신에게 고개를 돌렸다.

"처음 뵙겠습니다, 신복동 관장님."

'날… 알고 있다?'

그리고 유명석 회장이 자신에 대해서 알고 있다는 사실로 인해 신복동이 깜짝 놀라서 두 눈을 치켜떴다.

"저를… 아십니까?"

"네. 팬이었습니다."

"제… 팬이셨다고요?"

"외국에서 공부할 때 잠시 펜싱을 배웠던 적이 있습니다. 그 것을 계기로 펜싱에 흥미가 생겼고, 신복동 관장님이 선수 생활을 하실 때 열심히 응원했습니다. 플레이 스타일이 공격적인 것이 특히 좋았습니다."

유명석 회장이 자신을 알고 있다는 것만도 놀랄 일이었다.

그런데 무려 자신의 팬이었다는 사실을 알고 난 후 신복동이 감격했을 때였다.

"관장님, 속지 마세요."

"응?"

"립 서비스이니까요."

서진우가 충고했다.

'립 서비스라고?'

그 충고를 듣고 신복동의 얼굴이 벌겋게 달아올랐을 때였다.

"립 서비스가 아닐세. 정말 신복동 관장님의 팬이었네."

유명석 회장이 재차 자신의 팬이었다고 주장한 순간, 서진우가 말했다.

"제가 보기엔 아닌 것 같은데요."

"왜 아니라고 생각하나?"

"만약 진짜 팬이었다면 신복동 관장님이 억울하게 펜싱계를 떠나실 때 그냥 가만히 지켜보지 않았을 테니까요."

기분이 언짢은 걸까.

서진우를 바라보는 유명석의 눈빛은 서늘했다.

그렇지만 서진우는 전혀 주눅이 든 기색이 아니었다.

'이 녀석의 배짱은 정말… 엄청나구나.'

유명석 회장의 서늘한 시선을 피하지 않고 담담히 맞받는 서진우의 당당함과 배짱에 신복동이 감탄을 금치 못하고 있을 때, 서진우가 덧붙였다.

"진짜 팬이었다면 그때 막으셨어야죠."

'여기까지!'

과거의 일을 두고 설전을 벌이기 위해서 구룡그룹 유명석 회장을 만난 것이 아니었다.

유승아에게 부탁해서 오늘 유명석 회장과 만나는 자리를 만든 데는 다른 이유가 있었다.

"배고프네요."

"응?"

"음식 먹으면서 얘기해도 될까요? 기껏 준비한 음식을 손도 안 대고 버리면 너무 아깝지 않습니까?"

내가 제안하자 유명석 회장이 고개를 끄덕였다.

"그러세. 먹으면서 얘기하지."

산해진미가 식탁 위에 잔뜩 차려져 있었고, 난 손을 뻗어 닭 다리를 부욱 뜯었다.

만약 예전의 나였다면?

구룡그룹 회장인 유명석의 앞에서 감히 음식을 먹을 생각 도 못 했으리라.

잔뜩 긴장해서 물만 연신 마시면서 얼어 있기만 했을 것이었다.

'아닌가?'

지난 생의 나였다면 유명석 회장과 아예 만날 기회조차 없었으리라.

그러나 이번 생은 다르다.

구룡그룹 회장인 유명석과 만나고 있음에도 불구하고 전혀 긴장이 되지 않는다.

"관장님."

"응?"

"드시죠. 음식이 아주 맛있네요."

그래서 바짝 긴장한 신복동을 배려하는 여유도 부릴 수 있다.

"좀 놀랐네."

"왜 놀라셨습니까?"

"자네가 펜싱에도 조예가 깊다는 것은 전혀 몰랐거든."

'놀랄 만하지.'

유명석 회장은 절대 호락호락한 인물이 아니다.

나와 유승아가 친분이 있다는 사실을 알고 난 후, 나에 대한 모든 것을 철저히 조사했을 것이었다.

그 조사 과정에서 내가 펜싱을 배운 적이 없다는 것도 알려졌을 터.

그런데 신복동 펜싱 클럽에 찾아간 후, 그 짧은 시간에 내가 협회장 배 펜싱 대회에 출전해서 우승까지 차지했으니 유명석이 놀라는 게 어쩌면 당연했다.

원래 예상을 빗나가는 결과물을 만들어 내면 타인의 흥미를 잡아 끌게 마련.

그래서 유명석 회장은 나에 대한 흥미가 더 생겼으리라.

"펜싱에 재능이 있는 편이었습니다."

"아무리 재능이 있다고 해도… 그 짧은 시간 사이에 이런 성과를 거두는 것은 불가능에 가깝지."

유명석 회장은 내게 호기심이 담긴 시선을 던지며 말했다.

"세상에는 간혹 예외도 있는 법이니까요."

"자네가 그 예외적인 존재이다?"

"평범하지는 않죠."

"……?"

"그래서 회장님이 저와의 만남을 수락하신 것 아닙니까?"

유명석 회장의 입가로 미소가 스치고 지나갔다.

"자신감이 좋군."

"그런 이야기 많이 듣습니다."

"그럼 이제 말해 보게. 내게 부탁할 게 뭔가?"

"자금 지원을 끊어 주십시오."

내 대답을 들은 유명석 회장이 의외라는 시선을 던졌다.

"난 자네에게 자금 지원을 한 적이 없네."

"알고 있습니다."

"그런데……?"

"펜싱 협회를 비롯한 비인기 종목 협회들에게 구룡그룹에서 자금을 지원하고 있지 않습니까? 그 자금 지원을 끊어 달란 뜻입니다."

"갑자기 왜 그런 부탁을 하는 건가?"

유명석 회장의 질문에 내가 대답했다.

"구룡그룹에서 지원하고 있는 자금 때문에 이권 다툼이 벌어졌으니까요."

＊　　　　＊　　　　＊

'왜 만나자고 했을까?'

서진우에 대한 조사는 어느 정도 마친 후였다.

그 조사 결과를 통해서 유명석은 서진우에게 흥미를 느끼고 있었고.

그래서 서진우가 딸인 유승아를 통해서 자신을 한번 만나고 싶다는 요청을 했을 때, 유명석은 기꺼이 수락했다.

"펜싱 협회를 비롯한 비인기 종목 협회들에 구룡그룹이 자금을 지원하고 있지 않습니까? 그 자금 지원을 끊어 달란 뜻입니다."

그리고 호기심 반, 기대 반의 심정으로 나온 자리에서 서진우가 꺼낸 부탁에 대해서 들은 순간, 유명석은 당황했다.

전혀 예상치 못했던 부탁을 했기 때문이었다.

"투자를 해 주십시오."

이 자리에 나오기 전, 유명석이 짐작했던 용건이었다. 그리고 투자를 요청할 거라고 짐작한 근거는 서진우에 대한 조사 결과였다.

그가 영화 및 음반 사업에 뛰어들었다는 것을 알고 있었기 때문에 자금을 투자하란 요청을 할 거라 예상했던 것이었는데.

그 예상은 완전히 빗나갔다.

서진우는 구룡그룹에서 펜싱을 비롯한 비인기 종목에 기부 형식으로 자금을 지원하고 있는 것을 멈춰 달라는 부탁을 꺼냈으니까.

"그 부탁은 들어주기 어렵군."

잠시 후 유명석이 운을 떼자, 서진우가 물었다.

"계속 자금 지원을 하시려는 이유가 있습니까?"

"비인기 종목 선수들의 어려운 사정에 대해서 잘 알고 있기 때문이네. 우리 그룹에서 자금 지원을 끊어 버리면 비인기 종목 선수들은 무척 어려운 상황에 처하게 될 거야. 그 점을 잘 알고 있기 때문에 자금 지원을 계속하려는 거지."

"비슷합니다."

"······?"

"구룡그룹에서 자금 지원을 하든, 하지 않든 비인기 종목 선수들의 사정은 별반 다르지 않다는 뜻입니다. 눈먼 돈을 나눠 먹는 건 선수들이 아니니까요."

"눈먼 돈?"

"한마디로 지금까지 회장님께서 하셨던 일은 밑 빠진 독에 물 붓는 것이나 마찬가지였습니다."

유명석이 슬쩍 눈살을 찌푸렸다.

그동안 구룡그룹에서 비인기 종목을 지원하기 위해 투입했던 자금이 눈먼 돈에 불과했다는 사실을 알고 언짢아서가 아니었다.

이렇게 직설적인 이야기를 들은 적이 워낙 오래간만이라 낯설었기 때문이었다.

'겁이 없군.'

그 직설적인 화법으로 인해 살짝 기분이 상했지만, 유명석은 참아 넘겼다.

서진우는 아직 대학생.

자신의 앞에서도 정제되지 않은 언어를 사용하는 것이 젊음의 패기 때문이란 생각이 들어서였다.

"만약 구룡그룹에서 자금 지원을 끊어 버리면 가뜩이나 어려운 비인기 종목의 상황이 더 악화될 거란 생각은 들지 않나?"

잠시 후, 유명석이 질문하자 서진우가 대답했다.

"아마 그럴 겁니다."

"그런데 왜 자금 지원을 끊으란 건가? 자네는 눈먼 돈이라고 표현했지만, 그 눈먼 돈 덕분에 운동을 포기하지 않는 선수들도 분명 있었을 거야. 그들에 대한 생각은 하지 않나?"

"오해가 있었나 보네요."

"오해? 내가 어떤 오해를 했단 말인가?"

"자금 지원을 완전히 끊으란 뜻이 아니었습니다."

"……?"

"비인기 종목들에 대한 자금 지원을 잠시 중단해 달란 뜻이었습니다. 밑 빠진 독을 수리할 때까지만 말입니다."

서진우의 대답을 들은 유명석이 흥미를 느끼며 다시 질문
했다.

　"만약 구룡그룹에서 자금 지원을 잠시 중단하면 밑 빠진
독을 수리할 수 있을까?"

　"네."

　"그렇게 확신하는 이유는?"

　"지금 검찰 수사가 진행되고 있기 때문입니다."

　서부지검장 이청솔이 체육계 비리 수사를 직접 진두지휘하
고 있다는 사실은 유명석도 알고 있었다.

　"계속해 봐."

　"이번 검찰 수사로 인해 그동안 눈먼 돈을 탐하며 비리를
저질렀던 협회 임직원들이 싹 정리될 겁니다."

　"그다음은?"

　"다른 누군가가 협회 지도부의 공백을 메꿔야겠죠."

　"그렇겠지. 그런데… 과연 다를까?"

　"네?"

　"기존에 비리를 저질러 왔다가 이번에 검거될 지도부 인물
들과 새로 부임할 지도부 인물들 사이에 과연 다른 점이 있을
까를 묻는 걸세. 속된 표현으로 그 나물에 그 밥일 가능성이
높다고 생각하거든."

　"그 나물에 그 밥이 되는 걸 막기 위해서 구룡그룹의 자금
지원을 중단해 달라고 부탁했던 겁니다."

"응?"

"결국 돈줄을 누가 쥐느냐에 따라서 충성도가 바뀌는 법이니까요. 만약 그 나물에 그 밥인 인사가 새 협회 지도부로 선출되는 것을 막으려면 어떻게 해야 할까에 대해서 저도 고민해 봤습니다. 그랬더니 회장님이 떠올랐습니다."

"내가 떠올랐다니?"

"대부분의 기업들은 광고 효과가 있는 야구나 축구 같은 인기 종목에 자금 지원을 집중하고 있습니다. 펜싱이나 수영 같은 비인기 종목에 자금 지원을 해 주는 기업은 구룡그룹이 거의 유일하다고 해도 과언이 아닙니다. 그래서 아까 회장님이 떠올랐다고 말씀드린 겁니다. 회장님은 구태가 물러난 비인기 종목 협회의 새 지도부 선임을 좌지우지할 수 있는 분이니까요."

"뭔가 오해하고 있군. 난 그냥 비인기 종목에 자금 지원만 해 주고 있을 뿐이야. 운영에는 전혀 관여하지 않고 있어."

"지금까지는 그랬죠."

"……?"

"그런데 마음만 먹으시면 아까 말씀드렸던 대로 회장님이 비인기 종목들의 협회 새 지도부 선임을 좌지우지할 수 있습니다."

"어떻게 말인가?"

"돈은 가장 강력한 무기이니까요."

"⋯⋯?"

"협회의 새 지도부로 누가 선출된다면 구룡그룹에서 지금까지 해 왔던 자금 지원을 중단하겠다. 회장님께서 이렇게 선언하시면 어떻게 될까요? 한 푼이 아쉬운 협회의 임원들이 앞장서서 그 인사가 지도부에 선출되는 것을 반대할 겁니다. 구룡그룹에서 지원하는 자금은 협회 운영에 있어서, 또 선수들 지원에도 절대적인 영향을 끼치기 때문입니다."

'똑똑하네.'

수학 능력 시험 만점자인 데다가 한국대학교 법학과 재학생이기에 서진우가 똑똑할 거란 예상은 했다.

그렇지만 직접 만나서 대화를 나눠 본 후 좀 더 놀랐다.

굳이 비유하자면 서진우는 단순히 문제 풀이에 능해서 시험을 잘 보는 유형이 아니었다.

어떤 문제와 맞닥뜨렸을 때 그 문제를 해결할 수 있는 합리적이고 창의적인 해법을 찾아내는 유형이었기 때문이었다.

'회사에 꼭 필요한 인재.'

유명석이 그런 서진우에게 새삼스러운 시선을 던졌다.

아직 대학생임에도 불구하고 서진우가 이 정도인데, 좀 더 시간이 흘러서 경험이 더 쌓인다면 구룡그룹에 큰 기여를 할 수 있는 인재로 성장할 거란 판단이 들었다.

"질문이 하나 있네."

유명석이 마치 면접관처럼 서진우의 능력을 가늠하기 위해서 질문을 던졌다.

"지금까지 자네 말대로라면 그 나물에 그 밥이 아닌 새로운 인물을 협회 지도부로 선출하기 위해서는 공정하고 비리를 저지르지 않는 인물들을 후보군으로 올려야 한다는 전제 조건이 필요해. 어떤 방식으로 후보군을 찾을 건가?"

"두 가지 방법이 있습니다."

"말해 보게."

"우선 기존에 협회와 관계가 틀어져서 야인처럼 지내는 인물을 찾아야 합니다. 펜싱계를 예로 들면… 이 자리에 동석한 신복동 관장님 같은 분이죠."

서진우가 갑자기 자신을 지목했기 때문일까.

신복동은 당황한 기색이 역력했지만, 서진우는 그의 반응에 아랑곳하지 않고 이야기를 이어 나갔다.

"펜싱 협회를 오랫동안 장악한 채 횡령과 승부 조작 같은 비리를 저질렀던 정명섭 부회장에게 반기를 들었기 때문에 신복동 관장님은 쫓겨나듯 펜싱계를 떠날 수밖에 없었습니다. 그리고 관장님 같은 분들은 다른 종목에도 여럿 존재할 겁니다. 일단 그런 분들을 후보군으로 추려서 올린 다음 검찰의 힘을 빌릴 생각입니다."

"검찰?"

"후보군으로 추린 인물들이 범법 행위를 저질렀는가 여부 정도는 검찰을 통해서 확인할 수 있을 테니까요. 이 두 가지

조건에 모두 부합하는 사람들을 후보군으로 올린다면 새로운 협회 지도부 인사들이 최소한 그 나물에 그 밥이 되지는 않을 겁니다."

'우연이… 아니었군.'

하필 이 시점에 검찰이 체육계 비리를 전수 조사 하는 것.

그리고 서진우가 이 자리에 신복동 관장을 동석시킨 것.

모두 우연이 아니라 의도된 것임을 알아챈 유명석이 다음 질문을 던졌다.

"그래서 자네가 얻는 것은 뭔가?"

"제가 얻는 것이요?"

"이렇게까지 해서 자네도 얻는 게 있을 것 아닌가?"

"음… 딱히 없습니다."

"딱히 없다?"

"정명섭 부회장이 무슨 꼼수를 부리든 간에 저는 방콕 아시안 게임 국가 대표로 선발될 자신이 있거든요."

"그런데 왜 자네가 총대를 메고 나선 건가?"

"이게 맞는 것 같아서요."

"……?"

"차라리 몰랐다면 그냥 넘어가겠지만… 직접 펜싱계로 들어와서 경험해 보니까 썩은 내가 아주 진동을 해서요. 이렇게 한번 싹 청소하고 나면 적어도 좀 더 나은 세상이 되지 않겠습니까?"

'좀 더 나은 세상이라.'

서진우가 입 밖으로 꺼낸 이유는 너무 거창했다.

그렇지만 그 대답이 무척 마음에 들었기에 유명석이 웃으며 다시 입을 뗐다.

"자, 이제 마지막 질문이네. 자네의 부탁을 들어주었을 때, 내가 얻을 수 있는 것은 대체 뭔가?"

구룡그룹이라는 큰 그룹의 오너.

지금이야 회장님 소리를 듣고 있었지만, 유명석의 근본은 장사꾼이었다.

손해 보는 거래는 절대 하지 않는 것이 유명석의 원칙.

그래서 질문을 던지자, 서진우가 망설임 없이 대답했다.

"따님에 대한 애정이 무척 각별하신 걸로 알고 있습니다."

"……?"

"이번에 도와주시면, 저도 따님을 돕겠습니다."

*　　　　*　　　　*

"시간을 낸 보람이 있군."

세단 뒷좌석에 앉은 채 유명석이 혼잣말을 꺼냈다.

처음 구룡그룹을 물려받았을 때만 해도 유명석이 좇았던 것은 돈이었다.

그런데 시간이 흘러서 경영자로서 경험이 쌓인 지금은 더 이상 돈을 좇지 않았다.

대신 시간을 좇았다.

'과연 이 사람과의 만남이 아까운 시간을 허비하는 것은 아닐까?'

이것이 유명석이 약속을 정하기 전에 하는 유일한 고민.

그런데 서진우와의 만남이 예상대로 최소한 아까운 시간을 허비한 것은 아니었단 생각이 들었기 때문에 유명석이 만족감을 드러냈을 때였다.

지이잉, 지이잉.

안주머니에 넣어 두었던 휴대 전화가 진동했다.

휴대 전화를 꺼낸 유명석이 통화 버튼을 눌렀다.

"여보세요?"

—저예요.

유승아의 목소리를 들은 유명석이 웃으며 말했다.

"처음이다."

—뭐가 처음이란 건가요?

"네가 내게 하루에 두 번씩이나 연락한 것 말이다."

자신을 원망하는 마음이 남아 있어서일까.

유승아는 평소 살갑게 구는 딸과는 거리가 멀었다.

"하루에 두 번씩이나 내게 연락한 이유는 서진우 때문이겠지?"

—두 분이 무슨 이야길 나눴는지 궁금하긴 하네요.

"거래를 했다."

유명석이 대답하자, 유승아가 다시 질문했다.

―어떤 거래를 했는데요?

"그건 알려 줄 수 없다."

―그러니까 더 궁금해지잖아요.

"……."

―그냥 알려 주시면 안 돼요?

"안 돼."

"치이."

사실 서진우와 했던 거래 내용이 대단한 비밀은 아니었다.

그럼에도 유승아에게 순순히 알려 주지 않은 이유는 이것을 빌미로 한 번 더 유승아를 만나고 싶어서였다.

'많이 닮았어.'

진정으로 사랑했던 여인.

그렇지만 먼저 세상을 떠나 버렸기에 더 이상 만날 수 없는 그 여인이 유명석은 여전히 그리웠다.

그래서 엄마를 쏙 빼닮은 유승아에 대한 애정이 각별했고, 그녀가 보고 싶을 때마다 유승아가 더 보고 싶었다.

―직접 만나 보니… 어땠어요?

잠시 후, 유승아가 다시 질문했다.

"예상대로였다."

―무슨 예상을 하셨는데요?

"아까운 시간을 허비하지는 않을 것 같다는 생각."

―진우가 무척 마음에 드셨나 보네요.

"그래서 거래를 한 거야."

―네?

"그런 게 있다. 어쨌든 꽤 흥미로운 녀석이었다. 내가 막연히 짐작했던 것보다 더."

유승아와의 짧은 통화를 마친 유명석이 희미한 미소를 머금은 채 다시 혼잣말을 꺼냈다.

"이것도 처음이로군."

유승아가 또래 남자에게 관심을 드러낸 것 역시 처음.

"어지간히 마음에 드는가 보군."

서진우를 만난 후 첫인상이 나쁘지 않았기에 유명석의 입가에 머물고 있던 미소가 더욱 짙어졌다.

잠시 후, 유명석이 휴대 전화에 저장된 연락처를 뒤졌다.

"거래를 했으니까 확실히 마무리해야지."

배승민 의원의 연락처를 찾은 유명석이 잠시 망설이다가 통화 버튼을 눌렀다.

뚜우우, 뚜우우.

세 번째 신호음이 끝나기 전에 배승민 의원이 전화를 받았다.

―여보세요?

"유명석입니다."

―회장님께서 먼저 연락을 다 주시고. 이거 영광입니다.

"오랜만에 연락드렸습니다. 무탈하게 잘 지내셨죠?"

―회장님께서 여러모로 신경 써 주셔서 별일 없이 잘 지내고 있습니다.

"다행이네요."

―그런데… 무슨 일로 연락을 주셨습니까?

"배 의원님께 부탁드릴 일이 하나 있어서 연락드렸습니다."

―제게요?

"네."

―말씀하시죠.

"펜싱 협회 정명섭 부회장, 아시죠?"

―그게……

정명섭의 이름을 언급한 순간, 배승민 의원은 당황한 기색이었다.

"솔직하게 말씀해 주셔야 합니다."

유명석이 엄포를 놓자, 배승민 의원이 헛숨을 들이켠 후 입을 뗐다.

―네, 좀, 아니, 꽤 잘 알고 있는 사이입니다.

유명석이 배승민 의원에게 전화를 건 이유.

그가 펜싱 협회 정명섭 부회장의 뒷배라고 할 수 있는 인물이었기 때문이었다.

"깊은 관계입니까?"

─그게… 서로 도움을 주고받는 사이이긴 합니다. 그런데 갑자기 정명섭 부회장은 왜 언급하시는 건지……?

켕기는 게 있기 때문일까.

배승민 의원은 긴장한 기색으로 슬그머니 말끝을 흐렸다.

그런 그가 던지는 질문에 대답하는 대신 유명석이 다짜고짜 말했다.

"선택하시죠."

─뭘 선택하란 겁니까?

"구룡그룹입니까? 정명섭 부회장입니까?"

*　　　　*　　　　*

"구룡그룹과의 관계가 틀어지는 것을 감수하고라도 정명섭 부회장과의 관계를 계속 유지하시겠습니까?"

이 질문을 던질 때 유명석은 이미 돌아올 대답을 예상하고 있었다. 그리고 배승민 의원이 꺼낸 대답은 유명석의 예상과 다르지 않았다.

"그럴 리가요."

"알겠습니다."

"무슨 말씀이신지……?"

"배 의원님께서 현명하게 처신해 주실 거라 믿겠습니다."

"아, 네."

"그리고 머잖아 식사 자리 한번 마련하겠습니다."

"알겠습니다. 연락 기다리고 있겠습니다."

구구절절 설명할 필요는 없었다.

배승민 의원은 정치판에서 잔뼈가 굵은 인물.

정확한 연유까지는 몰라도 펜싱 협회 정명섭 부회장이 궁지에 몰렸고, 어설프게 그를 돕기 위해서 나서려 하다가는 본인의 정치 인생이 끝장날 거라는 것쯤은 능히 짐작할 인물이었다.

"이 정도면 거래 이상의 일을 해 준 셈이로군."

기분 좋은 나른함을 느낀 유명석이 희미한 웃음을 머금은 채 시트에 깊숙이 등을 묻었다.

*　　　　*　　　　*

"뭐가… 어떻게 돌아가는 거야?"

검찰의 움직임은 자신의 예상보다 훨씬 더 빨랐다.

마치 전광석화처럼 움직였고, 그로 인해 당황한 정명섭은 제대로 대처해 보지도 못하고 검찰청에 피의자 신분으로 끌려와 있었다.

다행인 것은 취조실에 혼자 있는 시간이 주어진 덕분에 정신을 어느 정도 수습할 수 있었다는 것이었다.

"정신 바짝 차려야 해."

정명섭이 마른세수를 했다.

자신을 긴급 체포 했던 조동재 검사에게서는 독기가 풀풀 풍겼다.

그로 인해 자칫 잘못하면 지금까지 힘겹게 쌓아 올린 것들을 다 잃게 될 수도 있다는 위기감이 정명섭의 전신을 휘감았을 때였다.

끼이익.

취조실 문을 열고 삼십 대 중반으로 보이는 남자가 들어섰다.

"이거 드시죠."

남자는 따뜻한 차를 먼저 한잔 대접했다.

마침 목이 말랐던 참이었기에 정명섭이 사양하지 않고 그 차를 한 모금 마셨을 때, 남자가 말했다.

"정신이 없으시죠?"

"네? 네."

"원래 검찰 수사를 받으면 정신이 없게 마련입니다. 많이 당황스러운 상황인 것, 충분히 이해합니다."

조동재 검사의 독기가 풀풀 풍기던 차가운 말투와는 달랐다. 그래서 정명섭이 고개를 들어 남자를 바라보다가 두 눈을 빛냈다.

남자의 낯이 익다는 사실을 뒤늦게 알아챘기 때문이었다.

'어디서 봤더라?'

남자의 얼굴을 유심히 바라보며 기억을 헤집던 정명섭이 무릎을 탁 쳤다.

한성 연쇄 살인 사건의 진범인 변춘제를 검거하면서 일약 스타로 떠올랐던 수사관이란 사실을 떠올리는 데 성공했기 때문이었다.

"김기철 수사관, 맞죠?"

"네, 맞습니다."

"이렇게 만나서 반갑습니다."

"기억해 주셔서 감사합니다. 만난 장소가 좀 그렇긴 하지만."

김기철이 사람 좋은 웃음을 지은 채 꺼낸 대답을 들은 정명섭이 자세를 고쳐 앉았다.

"이 나라를 위해서 큰일을 하셨습니다."

"검찰 수사관으로서 당연히 해야 할 일을 한 겁니다."

"겸손하시기까지 하시네요. 그런데… 제가 김 수사관님에게 부탁 하나만 드려도 될까요?"

"어떤 부탁인가요?"

"전화 한 통만 쓸 수 있을까요?"

"그러시죠."

시원하게 대답하는 김기철을 확인한 정명섭의 표정이 밝아졌다.

"감사합니다."

김기철이 휴대 전화를 주머니에서 꺼내서 내밀며 물었다.

"많이 힘드셨죠?"

"네?"

"제가 모시고 있는 조동재 검사님이 요새 저기압입니다. 그래서 많이 힘드셨을 거라고 짐작했습니다."

검찰 취조실에서 들을 거라고는 예상치 못했던 따뜻한 한마디에 정명섭이 울컥하는 감정을 느끼며 입을 뗐다.

"김기철 수사관님도 고생이 많겠습니다."

"하핫, 아닙니다. 우리 검사님도 그렇게 나쁜 사람은 아닙니다. 아까도 말씀드렸듯이 요새 기분이 별로 안 좋아서 유독 까칠하게 구시는 겁니다. 하필 이 시점에 검사님과 상대하게 되셨으니 운이 없으셨네요."

"괜찮습니다. 오해가 곧 풀릴 테니까요."

"오해… 요?"

"네. 금방 오해가 풀릴 겁니다."

정명섭의 믿는 구석은 배승민 의원이었다.

배승민 의원과 연락이 닿으면 금세 상황이 달라질 거라는 확신이 있었다.

뚜우우, 뚜우우.

―여보세요?

그리고 배승민 의원이 전화를 받은 순간 정명섭은 안도의 한숨을 내쉬었다.

"의원님, 접니다."

—아, 정 부회장이군요.

"네."

—정 부회장이 갑자기 무슨 일로 연락했습니까?

'아직… 모르나?'

펜싱 협회가 검찰로부터 압수 수색을 당했고, 자신이 긴급 체포 당했다는 사실을 배승민 의원이 아직 모르고 있는 거라 생각하며 정명섭이 서둘러 입을 뗐다.

"의원님이 저를 좀 도와주셔야겠습니다."

—제가 뭘 도와드리면 됩니까?

"제가 지금 검찰청에 와 있습니다. 아무래도 검사가 뭔가 오해를 해서 착각을 한 것 같습니다. 그래서 의원님께서……."

—정 부회장.

"네."

—우리가 알고 지낸 지 꽤 됐지요?

"네? 네."

—그간 쌓인 정이 있으니 특별히 알려 드리겠습니다. 도대체 무슨 짓을 했길래 유명석 회장까지 나선 겁니까?

"방금… 누구라고 하셨습니까?"

—구룡그룹 유명석 회장, 설마 모르진 않죠?

유명석 회장은 초등학생도 아는 유명 인사.

더구나 구룡그룹은 펜싱을 비롯한 비인기 종목에 꾸준히 자금 지원을 해 주었다.

그러니 정명섭이 유명석 회장을 모를 리가 없었다.

"당연히 알고 있습니다. 그런데 갑자기 왜 유명석 회장님을 언급하시는 겁니까?"

—말 그대로입니다. 유명석 회장까지 움직였습니다.

"……?"

—제게 연락해서 정 부회장과의 연을 끊으라고 충고하시더 군요. 제 말 무슨 뜻인지 아시죠? 지금 정 부회장을 도울 수 있는 사람은 아무도 없습니다.

뚝.

그 말을 끝으로 전화가 끊겼다.

그렇지만 정명섭은 전화가 끊어졌단 사실도 알아채지 못한 채 멍한 표정을 지었다.

'왜?'

이번 사건에 유명석 회장까지 나섰다는 것이 당최 이해가 가지 않아서였다.

"대체 왜……?"

그래서 정명섭이 질문했지만, 수화기 너머에서는 대답이 돌아오지 않았다.

대신 김기철 수사관이 대답했다.

"아주 큰 실수를 하셨습니다."

"큰 실수요?"

"네."

"제가 무슨 실수를 한 겁니까?"

"절대 건드려서는 안 될 사람을 건드렸습니다."

'누굴 말하는 거지?'

정명섭이 영문을 모르겠단 표정을 짓고 있을 때, 김기철 수사관이 답을 알려 주었다.

"서진우 씨를 건드려서는 안 됐습니다."

'서진우?'

김기철 수사관의 입에서 전혀 예상치 못했던 이름이 흘러나온 순간, 정명섭의 머릿속이 헝클어졌다.

'한국대학교 법학과 재학생.'

정명섭이 서진우에 대해서 알고 있는 정보였다.

말 그대로 일개 대학생에 불과한 서진우에게 김기철 수사관이 절대 건드려서는 안 될 사람이라고 표현하는 것이 정명섭은 전혀 이해가 가지 않았다.

'혹시… 재벌 2세라도 되는 건가?'

잠시 후, 정명섭이 퍼뜩 떠올린 생각.

그래서 참지 못하고 정명섭이 질문했다.

"서진우가 재벌 2세라도 됩니까?"

"그건 아닙니다."

김기철 수사관이 고개를 흔들며 대답했다.

"그럼 대체 왜 서진우를 절대 건드려서는 안 되는 사람이라고 하신 겁니까?"

정명섭이 재차 질문한 순간, 김기철 수사관이 대답했다.

"검사님, 그리고 검사장님이 무척 아끼시는 후배이니까요. 그리고… 저도 서진우 씨를 좋아합니다. 아니, 존경합니다."

＊　　　　　＊　　　　　＊

구병길 VS 서진우.

국가 대표 선발전 대진표를 확인한 기동민의 입가로 미소가 번졌다.

구병길과 서진우가 이번 선발전 32강 첫 경기에서 맞붙는 것을 확인했기 때문이었다.

"됐다."

이민상이 불참한 이번 국가 대표 선발전에서 기동민이 가장 신경 쓰였던 것은 구병길의 대회 참가였다.

만약 구병길과 일찍 만나면 4강 이상의 성적을 노리는 자신의 계획에 차질이 생길 가능성이 높아서였다.

그런데 구병길은 다른 조에 속했다.

게다가 서진우와 32강전에 맞붙게 됐다.

이런 대진표가 짜인 것이 우연일 리가 없었다.

정명섭 부회장이 압력을 가했기 때문에 이런 대진표가 나온 것이리라.

"구병길이 서진우를 잡아 주는 것이 최선이긴 한데."

협회장배 펜싱 대회에서 우승을 차지했던 서진우가 32강전에서 구병길에게 패해서 조기 탈락 한다면?

이번 국가 대표 선발전에서 굳이 4강 이상의 성적을 거두지 않더라도 국가 대표로 선발돼 방콕 아시안 게임에 출전하는 것이 가능했기 때문이었다.

그래서 기동민이 대진표를 살피면서 머릿속으로 분주히 주판알을 튕기고 있을 때였다.

"큰일 났다."

장종호 감독이 딱딱하게 굳은 표정으로 다가왔다.

'왜 큰일 났다는 거야?'

기동민은 이번 대진표에 만족하고 있었다.

그래서 고개를 갸웃했을 때, 장종호 감독이 덧붙였다.

"부회장님이 체포됐다."

"네?"

"검찰이 부회장님을 횡령 및 승부 조작 혐의로 긴급 체포했어."

장종호 감독의 설명을 들었음에도 기동민은 순순히 믿기 힘들었다.

오랫동안 펜싱계의 왕으로 군림하던 정명섭 부회장이 무너졌다는 것이 실감이 나지 않아서였다.

"그럼… 이제 어떻게 되는 겁니까?"

"선발전 대진표가 다시 짜일 거야."

"네?"

"이번 국가 대표 선발전 대진표에 부회장님이 관여했다는 것이 드러났어. 검찰이 공정성을 문제 삼았고, 임원들이 긴급 회의를 한 끝에 대진표를 다시 짜기로 결정했어. 그리고 공정성을 확보하기 위해서 추첨을 했어."

"추첨… 이요?"

기동민이 당황했을 때, 장종호 감독이 한숨을 내쉬며 덧붙였다.

"그래서 너의 32강전 상대가 바뀌었어."

원래 기동민의 32강전 상대는 최윤호였다.

"누구로 바뀐 겁니까?"

바뀐 32강전 상대에 대해서 질문하자 장종호 감독이 대답했다.

"구병길이야."

*   *   *

"뭐가 어떻게 돌아가는지 모르겠네."

윤규엽은 사색이 된 얼굴로 분주하게 돌아다녔다.

정명섭 부회장의 구속이라는 대형 사건이 터진 탓에 그는 당황한 기색이 역력했다.

아니, 윤규엽만 당황한 것이 아니었다.

펜싱계에 몸담고 있는 거의 모든 인물들이 크게 당황한 상태였다.

어수선한 분위기 속에서 구병길은 서진우를 찾아갔다.

"잠깐 얘기 좀 하자."

"그러시죠."

서진우가 싱긋 웃으며 대답했다.

체육관을 빠져나오기 무섭게 구병길이 서진우에게 물었다.

"정명섭 부회장이 구속된 것, 혹시 너와 연관이 있는 거야?"

"왜 그렇게 추측하셨습니까?"

"그냥."

"……?"

"변수는 너밖에 없다는 생각이 들었어."

자정 능력을 잃어버린 펜싱계에 대해서 구병길은 큰 불만을 품고 있었다.

그렇지만 그 불만을 밖으로 표출하지는 못했다.

정명섭 부회장이 보유한 힘이 워낙 막강해서였다.

"제발 부회장님의 심기를 건드리지 마. 그러다가 선수 생활이 끝날 수도 있어. 네 재능이 아까워서 하는 충고야."

윤규엽 감독이 신신당부했던 이야기.

구병길은 펜싱 사브르 종목 국내 랭킹 1위를 달리는 선수였다.

그런데 정명섭 부회장의 뜻을 거스르면 선수 생활이 끝날지도 모른다고 윤규엽 감독이 우려하는 것.

정명섭 부회장의 파워가 어느 정도인지 알려 주는 증거였다.

그리고 자신이 이러한데 다른 선수들은 어떨까?

감히 정명섭 부회장의 뜻을 거스를 엄두조차 내지 못하고 있었다.

그로 인해 자정 능력이 완전히 상실됐다고 판단했던 펜싱계에 생뚱맞은 돌 하나가 굴러 들어왔다. 그리고 그 돌은 큰 파문을 일으켰다.

처녀 출전 했던 협회장 배 펜싱 대회에서 우승을 차지하면서 펜싱계에 신선한 충격을 안겼으니까.

"네가 펜싱계로 들어오고 난 후에 변화가 생기기 시작했으니까."

구병길이 덧붙인 순간, 서진우의 입가에 머물러 있던 미소가 짙어졌다.

"선배님이 좋은 성적을 거두시는 이유가 이제 이해가 갑니다."

"……?"

"운동 신경만 좋으신 게 아니라 머리도 비상하시네요."

"내 짐작이… 맞다는 뜻이지?"

"맞습니다. 제가 검찰을 움직여서 정명섭 부회장을 끌어내렸습니다."

막연히 짐작하고 있을 때와 그 짐작이 사실이라는 것을 확인하고 난 지금은 충격의 강도가 달랐다.

'검찰을 움직였다고?'

서진우가 자신의 입으로 검찰을 움직였다는 이야기를 꺼내는 것을 듣고 나니 당혹스러움이 밀려들었다.

"도대체 어떻게……?"

"생각처럼 어렵거나 복잡하지 않습니다."

"……?"

"펜싱 협회 정명섭 부회장이 비리를 저질렀다는 사실을 확인하고 난 후에 검찰에 제보했습니다."

"그렇게 간단할 리가 없잖아."

구병길이 고개를 가로저었다.

지금껏 정명섭 부회장에게 반기를 든 인물이 왜 없었을까.

그들은 정명섭 부회장이 비리를 저질렀다고 주장하며 경찰 및 검찰에 수사를 의뢰했었다.

하지만 정명섭 부회장은 다치지 않고 건재했다.

오히려 그의 비리를 제보했던 인물들만 다쳤었다.

그 사실을 알기에 구병길이 말했지만, 서진우는 담담한 목소리로 덧붙였다.

"저는 다른 사람들과 다릅니다. 두 가지 차이가 있죠."

"어떤 차이?"

"하나는 제가 정명섭 부회장을 처음부터 두려워하지 않았다는 점입니다. 저는 굴러온 돌이니까요."

구병길이 고개를 끄덕여서 동의를 표했을 때, 서진우가 덧붙였다.

"또 하나의 차이는 제가 한국대학교 법학과 재학생이라는 점입니다. 한국대학교 법학과의 선후배 관계는 돈독한 편이거든요. 특히 제가 인맥 관리를 잘했습니다. 그래서 서부지검장님이 직접 움직여 주셨죠."

아까 서진우의 말은 틀렸다.

절대 간단한 일이 아니었으니까.

하지만 이런 커다란 변화가 발생한 이유에 대한 설명으로는 충분했다.

"너는 정말……"

구병길이 말끝을 흐리며 한숨을 내쉬었다.

"괜히 나섰네."

"네?"

"네 능력이 이렇게 대단하다는 걸 알았다면 굳이 내가 나설 필요가 없었단 뜻이야. 괜한 오지랖만 부린 셈이잖아."

윤규엽의 만류에도 불구하고 굳이 참가할 필요가 없는 국가 대표 선발전 출전을 고집했던 것은 서진우를 국가 대표로 만들기 위해서 자신이 할 수 있는 것이 이것뿐이라고 판단했기 때문이었다.

그런데 굳이 그럴 필요가 없었다는 생각이 들어서 구병길이 멋쩍은 표정으로 말을 마친 순간, 서진우가 고개를 가로저었다.

"선배님의 역할이 아주 컸습니다."

"응?"

"선배님이 아니었다면 제가 방콕 아시안 게임 국가 대표로 발탁되지 못했을 가능성이 높았습니다."

서진우의 이야기를 들은 구병길이 고개를 갸웃했다.

"그게 무슨 소리야? 내가 나서지 않았더라도 정명섭 부회장을 구속시키는 건 마찬가지였을 것 같은데?"

"그건 맞습니다. 선배님이 나섰든, 나서지 않았든 정명섭 부회장은 구속을 피하지 못했을 겁니다. 하지만 국가 대표 선발전 대진표를 바꾸기는 힘들었을 겁니다."

"국가 대표 선발전 대진표라면… 너와 내가 32강전에서 맞붙기로 정해졌던 그 대진표를 말하는 거야?"

"네, 정명섭 부회장이 손을 썼죠."

"정명섭 부회장이 국가 대표 선발전 대진표까지 손을 댔다고?"

구병길이 눈살을 찌푸렸다.

국가 대표 선발전은 한 나라의 대표를 선발하는 가장 중요한 대회.

그런 중요한 대회의 대진표까지 정명섭 부회장이 임의로 좌지우지하려 했다는 것이 구병길을 절망케 만들었다.

'만약 더 늦었다면… 정말 펜싱계는 희망이 없어질 뻔했구나.'

구병길이 새삼 깨달았을 때였다.

"기동민과 신동훈, 이 두 선수를 국가 대표로 만들기 위해서 정명섭 부회장이 무리수를 뒀습니다."

"그래."

"그리고 정명섭 부회장이 무리수를 둔 이유가 바로 선배입니다."

"나 때문에 무리수를 뒀다고?"

구병길이 깜짝 놀랐을 때였다.

"선배가 끝까지 고집을 부리면서 국가 대표 선발전에 출전하는 것은 정명섭 부회장도 예상하지 못했던 일이었을 겁니다. 그래서 어떻게든 막으려고 했을 겁니다."

"그래. 맞아."

정명섭 부회장은 소속 팀 감독인 윤규엽을 통해서 집요하게 자신의 대회 참가를 막으려고 시도했다.

그렇지만 구병길은 끝까지 대회 출전을 포기하지 않았고, 그로 인해 정명섭 부회장이 무리수를 뒀다는 뜻이었다.

"선배의 용기가 정명섭 부회장을 빠르게 무너뜨린 원동력이
된 겁니다."

그때 서진우가 칭찬했다.

그 칭찬을 들은 구병길이 머리를 긁적였다.

너무 거창하단 생각이 들어서였다.

"난 그냥… 마땅히 해야 할 일을 했던 것뿐이야."

"마땅히 해야 할 일을 하지 않는 사람도 지천으로 널려 있
죠."

"……?"

"그로 인해서 펜싱계는 자정 능력을 잃어버린 것이고요."

"그래."

틀린 말이 아니란 생각이 들어서 구병길이 고개를 끄덕여
수긍하며 서진우에게 새삼스러운 시선을 던졌다.

만약 서진우의 등장이 아니었다면?

이미 자정 능력을 잃어버린 펜싱 협회는 점점 더 최악의 상
황으로 치달아 갔을 것이었다.

그 사실을 알기에 서진우에게 고마운 마음이 들었다.

그래서 보답을 하기로 결심한 구병길이 입을 뗐다.

"기왕 칼을 빼 들었으니 무라도 베어야지."

"이번 대회에 출전하신다는 뜻이죠?"

"그래."

"그럼 결승에서 만나겠네요."

서진우의 이야기를 들은 구병길이 고개를 가로저었다.

"아니, 결승에서 못 만나."

"제가 결승에 진출하지 못할 거라고 예상하시는 겁니까? 그동안 훈련 열심히 했습니다. 그때와는 또 다를 겁니다."

서진우가 의욕을 불태우는 것을 확인한 구병길이 픽 하고 실소를 터뜨렸다.

"그래서가 아냐."

"그럼?"

"내가 기권을 할 거거든."

"기권… 이요?"

"32강전에서 기동민만 잡고 기권할 거야."

"왜…?"

"부상이 염려되거든."

구병길이 웃으며 덧붙였다.

"그리고 거기까지가 내가 국가 대표 선발전에 출전한 이유이기도 하고."

＊　　　＊　　　＊

"병길아."

기동민이 찾아온 것을 발견한 구병길이 의외라는 시선을 던졌다.

"웬일이야?"

구병길은 대명체대 출신, 기동민은 현성체대 출신이었다.

게다가 소속 팀도 달랐기에 기동민과의 개인적인 친분은 없다시피 했다.

그런데 기동민은 자신을 친근하게 부르며 다가왔다.

"부탁이 있어서 찾아왔어."

"부탁?"

"그래."

"우리가 서로 부탁을 주고받을 정도로 친한 사이는 아니었던 것 같은데?"

구병길이 정색한 채 말했지만, 기동민은 입가에 머금고 있던 미소를 지우지 않은 채 다시 말했다.

"사정이 좀 급해서 그래."

"무슨 사정?"

"내가 이번에 꼭 국가 대표로 발탁돼야 해. 너도 알다시피 내가 아직 군 문제를 해결 못 했거든."

"그래서?"

"그래서 네가 좀 도와줬으면 해."

기동민이 더욱 친근한 척 굴며 말을 더했다.

'한심한 새끼!'

진심으로 기동민의 얼굴을 한 대 후려갈기고 싶은 것을 구병길이 필사적으로 참아 내며 입을 뗐다.

"그럼 이겨."

"응?"

"실력으로 국가 대표로 발탁되라고."

"나도 그러고 싶어. 그런데… 32강전 상대가 너무 강해."

"날 말하는 거야?"

"그래, 32강전만 통과하면 국가 대표로 발탁될 자신이 있어."

그 이야기를 듣던 구병길이 고개를 끄덕였다.

기동민이 마음에 들지 않았지만, 실력을 갖추고 있는 것은 부인할 수 없었다.

그리고 추첨을 통해서 새로 짜인 대진표에 따르면 만약 기동민이 자신을 꺾고 32강전을 통과한다면 준결승 진출까지는 무난한 대진이었다.

"그래서 네 도움이 필요해. 기권… 해 주면 안 될까?"

"기권?"

"까놓고 말해서 넌 이미 국가 대표로 선발된 상태라 굳이 이번 선발전에 출전할 필요가 없잖아. 그러니까 그냥 출전을 포기해 줬으면 해."

"싫은데."

기동민은 간곡하게 부탁했지만, 구병길은 단호하게 대답했다.

그 단호한 대답을 들은 기동민의 표정이 처음으로 일그러졌다.

그렇지만 부탁을 하는 입장이기 때문일까.

기동민은 빠르게 표정을 수습하며 다른 제안을 꺼냈다.

"만약 내 제안을 하면 보상을 할게."

"내가 기권을 하면 보상을 하겠단 뜻이야?"

"그래."

"무슨 보상을 할 건데?"

"이천만 원 줄게."

"얼마라고 했어?"

"이천만 원이라고 했어. 너도 잘 알다시피 이천만 원은 아주 큰 돈이잖아. 그 돈 줄 테니까 제발 기권해 주라."

기동민은 무척 필사적이었다. 그리고 그가 필사적인 이유는 군 면제 문제 때문이었다.

한때 국내 랭킹 2위까지 올랐던 기동민의 기량은 하락 중이었다.

다음 아시안 게임에서는 국가 대표로 발탁되지 못할 가능성이 높은 상황.

실질적으로 이번 아시안 게임이 메달을 따서 군 면제를 받을 수 있는 유일한 기회라고 할 수 있었다.

그 사실을 본인이 가장 잘 알고 있기에 기동민은 이렇게 필사적인 것이었고.

어쨌든 기동민의 말대로 이천만 원은 큰돈이었다.

하지만 구병길은 돈의 유혹에 흔들리지 않았다.

'이 자식, 진짜 대단하네.'

잠시 후 구병길이 떠올린 것은 욕심이 아니라 서진우의 얼굴이었다.

"기동민 선수가 곧 선배를 찾아올 겁니다. 알아보니까 집에 돈이 좀 있더라고요. 분명히 돈을 준다고 하면서 기권해 달라고 부탁할 겁니다."

아까 서진우가 했던 예상.

그 예상이 정확히 적중한 셈이었기 때문이었다.

"왜 하필 이천만 원이야?"

구병길이 질문하자, 기동민이 살짝 당황한 기색을 드러냈다.

"혹시 부족해?"

"부족하다고 말한 적은 없어. 그냥 궁금해서 물은 거야."

"특별한 의미가 있는 건 아냐. 다만… 그 정도 금액이 내가 당장 유통할 수 있는 최대치라서 말한 거야."

'거짓말!'

기동민의 대답을 듣던 구병길이 속으로 코웃음을 쳤다.

군 면제를 위해서 쓰는 비용으로 이천만 원이 적당하다는 계산을 끝마쳤기 때문에 이천만 원을 제시한 것을 알고 있어서였다.

"결정했어?"

초조해서일까?

기동민이 대답을 재촉한 순간, 구병길이 미간을 찌푸린 채 입을 뗐다.

"쪽팔린다."

"쪽팔린다고… 했어?"

기동민이 살짝 당황한 기색으로 물었다.

"그래."

"뭐가 쪽팔린다는 거야?"

"너하고 이런 대화를 한다는 게 쪽팔려."

"그러지 말고……."

"기권해 주는 대가로 꼴랑 이천만 원을 제시받은 것도 쪽팔 리긴 마찬가지고."

"그럼… 얼마를 원해? 원하는 액수를 말해 봐."

"내가 원하는 액수를 밝히면 맞춰 줄 수 있어?"

자신의 거래 제안이 통했다고 판단한 걸까.

기동민은 잠시의 머뭇거림도 없이 대답했다.

"그래. 맞춰 줄게. 원하는 액수가 얼마야?"

"10억."

"방금… 얼마라고 했어?"

"10억이라고 했어."

터무니없을 정도로 큰 액수이기 때문일까.

말문이 막혀 버린 기동민을 바라보며 구병길이 다시 입을 뗐다.

"진짜 쪽팔려 죽겠다."

"……?"

"넌 이러고 있는 게 쪽팔리지도 않아?"

뒤늦게 조롱을 당했다는 사실을 알아챈 기동민의 얼굴이 벌겋게 달아올랐을 때 구병길이 덧붙였다.

"이따 경기장에서 보자."

*   *   *

"어, 복덩이 왔어?"

신복동은 펜싱 클럽으로 들어선 날 무척 반갑게 맞아 주었다.

"이야, 회원 많이 늘었네요."

처음 내가 찾아왔을 때만 해도 펜싱 클럽에 회원은 거의 전무하다시피 했다.

그렇지만 지금은 상황이 달라졌다.

펜싱 클럽 내부에는 회원들이 꽤 들어차 있었다. 그리고 신복동 펜싱 클럽의 회원이 이전에 비해서 부쩍 늘어난 이유는 나 때문이었다.

처녀 출전 했던 협회장 배 펜싱 대회에 이어서 국가 대표 선발전에서도 우승을 차지하며 난 방콕 아시안 게임 국가 대표로 발탁됐다.

그리고 국가 대표 선발전에서 우승을 차지했을 때는 협회장 배 펜싱 대회에서 우승했을 때와 상황이 확 달라졌다.

〈한국대학교 법학과 재학생, 펜 대신 칼을 잡았다〉

〈펜싱부도 없는 한국대학교 재학생, 방콕 아시안 게임에서 메달을 노린다〉

〈신복동 펜싱 클럽의 쾌거. 아마추어 선수가 실업 팀 선수들을 모두 격파하고 국가 대표로 선발되는 기적을 만들어 냈다.〉

두 대회에 출전해서 기라성 같은 선수들을 모두 꺾고 연속 우승을 차지한 나에 대한 기사가 꽤 늘었다.

정명섭 부회장이 구속되면서 그의 방해 공작이 사라졌기 때문.

그리고 나와 관련된 기사들은 자연스레 신복동 펜싱 클럽에 대한 홍보 효과로 이어졌다.

덕분에 회원들의 수가 부쩍 늘어났고, 이것이 신복동이 날 죽었던 조상이 돌아온 것처럼 반갑게 맞이하는 이유였다.

"전부 네 덕분이지."

"다행히 알고 계시네요."

"자식, 겸손해야지. 벼는 익을수록 고개를 숙인다는 속담,

몰라?"

"속담은 알죠. 그런데… 잘나긴 했잖아요."

내 너스레에 신복동은 더 핀잔을 건네지 않았다.

오히려 웃으며 맞장구를 쳤다.

"사실 잘나긴 했지. 펜싱 시작한 지 반년도 안 돼서 국가 대표로 발탁됐으니까. 아주 잘난 내 제자지."

'내 제자'라는 부분을 유독 강조하는 신복동을 향해 픽 웃은 후 내가 그를 찾아온 용건을 밝혔다.

"실은 손님 모시고 왔어요."

"손님? 혹시… 신규 회원 유치했어?"

"신규 회원을 유치한 것은 아닌데… 관장님 입장에서는 신규 회원보다 더 반가운 손님일 겁니다."

"신규 회원보다 더 반가운 손님? 대체 누군데 그래?"

"직접 만나 보시죠."

내가 문을 열고 함께 찾아온 손님을 향해 말했다.

"들어오세요."

잠시 후 문을 통해 들어온 것은 최윤배.

현재 펜싱 협회 상임 고문 겸 정명섭 부회장을 비롯한 지도부가 구속된 후 급조된 비상 대책 위원회를 이끌고 있는 인물이었다.

"최 선배."

최윤배를 이미 알고 있는 신복동이 두 눈을 크게 떴다.

"신 관장, 오랜만이네."

"네, 제가 먼저 연락드렸어야 했는데 죄송합니다."

"아냐, 오히려 내가 미안해."

"네?"

"신 관장이 억울한 일을 겪고 펜싱계를 떠났을 때 내가 아무런 힘도 돼 주지 못해서 말이야."

최윤배는 뒤늦은 사과부터 건넸다.

그렇지만 신복동은 그런 그를 원망하지 않았다.

"이해합니다. 상황이 그랬으니까요."

"그렇게 말해 줘서 고맙다."

"그런데 무슨 일로 여기까지 찾아오셨습니까?"

최윤배가 대답하기 전에 내가 먼저 끼어들었다.

"관장님, 손님이 찾아오셨는데 차 한잔 대접하셔야죠."

"아, 내 정신 좀 봐. 당연히 대접해야지. 최 선배, 여기서 이러지 말고 관장실로 들어가시죠. 금방 차를 준비해서 대접하겠습니다."

"관장님."

"응?"

"차는 제가 준비하겠습니다. 먼저 들어가서 두 분이 이야기 나누고 계시죠."

"그래도 될까?"

"안 될 것도 없죠."

"그럼 부탁 좀 할게."

"네."

난 서둘러 탕비실로 들어가서 녹차 세 잔을 준비한 후 관장실 안으로 들어갔다.

오랜만의 재회가 반가워서일까.

신복동과 최윤배는 서로의 근황을 주제로 담소를 나누고 있었다.

"신 관장이 다시 펜싱계로 돌아온 것, 기쁘게 생각해."

"사실 펜싱계로 돌아오기로 결심하는 데까지 시간이 오래 걸렸습니다. 그런데 돌아오길 잘한 것 같습니다."

"송충이는 솔잎을 먹고 살아야 한다는 속담이 괜히 있는 게 아니지."

"네, 이제 숨이 좀 쉬어지는 것 같습니다."

"그냥 숨만 쉬어지는 정도는 아닌 것 같은데? 아까 보니까 펜싱 클럽 회원들도 많이 늘었는데?"

"전부 진우 덕분입니다. 진우가 방콕 아시안 게임 남자 사브르 종목 국가 대표로 발탁된 것이 소문나면서 회원들이 부쩍 늘었죠."

"펜싱 클럽이 제대로 자리를 잡은 것 같아서 다행이네."

짧은 근황 토크를 마친 후 신복동이 질문을 던졌다.

"협회 쪽은 요즘 어떻습니까?"

"말도 마. 초상집이 따로 없어."

대화의 주제가 펜싱 협회로 바뀌자 최윤배의 입가에 머물러 있던 미소가 싹 사라졌다.

'그럴 만하지.'

난 녹차를 한 모금 마시며 속으로 생각했다.

펜싱 협회의 실세였던 정명섭 부회장은 횡령과 배임 등의 혐의로 구속됐고, 펜싱 협회 회장인 조수원은 이번 사건에 대해 책임을 진다며 사의를 표명했다.

그뿐이 아니었다.

이을병 사무총장도 재판 진행 중이었고, 기동민을 비롯한 여러 선수들과 코칭스태프들도 승부 조작 혐의로 수사를 받고 있었다.

말 그대로 펜싱 협회의 근간이 흔들릴 정도로 대사건.

초상집 분위기가 아니면 그게 더 이상한 일이었다.

"그래도 수습해야지. 그게 내게 주어진 역할이니까."

비상 대책 위원회의 수장인 최윤배가 짤막한 한숨을 내쉰 후 의욕을 드러냈다.

"그나마 불행 중 다행인 것은 신임 회장님이 내정됐다는 거야."

"내정된 신임 회장님은 누구입니까?"

"구룡유통의 양희동 대표 이사님이 공석이던 펜싱 협회 신임 회장으로 취임하실 거야."

"잘됐네요."

신복동의 의견에 나도 동의했다.

펜싱 협회 회장직은 어차피 명예직이었다.

그래서 재계나 정치계 인사가 협회 회장직에 앉는 것이 대부분이었다.

그러니 어느 누가 오더라도 비슷하겠지만, 기왕이면 비인기 종목에 꾸준히 자금을 지원해 온 구룡그룹 측 인물이 회장직에 앉는 것이 모양새가 좋았다.

더구나 구룡그룹 유명석 회장의 입김이 협회 내에 더욱 강해질 수 있는 기반이 마련된 셈이기도 했고.

"남은 건 부회장 선임인데… 마땅한 인재가 없어."

최윤배가 깊은 한숨을 내쉰 순간, 신복동이 질문했다.

"그래도 잘 찾아보면 인재가 없지는 않을 텐데요?"

"신 관장 말대로 괜찮은 인재들이 아주 없는 건 아냐. 그런데 문제가 있어."

"어떤 문제요?"

"내가 그들을 찾아가서 부회장직을 제안해도 전부 고사한다는 거야."

"고사하는 이유가 있습니까?"

"응."

"뭡니까?"

"정명섭 전 부회장 때문이지."

"……?"

"비록 구속된 상황이기는 하지만, 정명섭 전 부회장의 영향력은 아직 펜싱계 곳곳에 남아 있거든. 그래서 부회장직을 맡게 되면 정명섭 전 부회장의 눈 밖에 날 수 있다는 것을 다들 우려하고 있어."

'이게 개혁이 어려운 이유지.'

최윤배가 하소연하듯 꺼낸 이야기를 듣던 내가 떠올린 생각.

정명섭 전 부회장의 영향력은 여전히 펜싱 협회 곳곳에 남아 있었고, 그들은 여전히 펜싱 협회 임원으로 활동하고 있었다.

그리고 그들은 구속된 정명섭 전 부회장을 대신해서 눈과 귀, 그리고 입 역할을 여전히 떠맡고 있었다.

그때 최윤배가 다시 입을 뗐다.

"실은 얼마 전에 김영묵 교수를 부회장으로 추대하려는 움직임이 있었어."

"김영묵 교수요?"

"신 관장도 알고 있지?"

"당연히 알죠. 정명섭 전 부회장의 심복으로 불렸던 인물 아닙니까?"

"신 관장이 잘못 알고 있네."

"네?"

"지금도 여전히 정명섭 전 부회장의 심복이거든."

신복동의 표정이 딱딱하게 굳어졌다.

만약 김영묵 교수가 펜싱 협회 신임 부회장이 된다면, 기껏 정명섭 전 부회장을 몰아낸 것이 무위로 돌아간다는 판단을 했기 때문이리라.

"결국 그 나물에 그 밥이네요."

"그래."

"그리고 김영묵 교수가 신임 부회장이 되겠네요."

"왜 그렇게 생각해?"

"여전히 정명섭 전 부회장을 지지하는 임원들이 협회에 많이 남아 있으니까요."

"나도 그럴 줄 알았어. 그런데… 김영묵 교수의 부회장 취임은 불발됐어."

"네? 그게 사실입니까?"

신복동의 의외라는 표정으로 질문한 순간, 최윤배가 고개를 끄덕였다.

"사실이야."

"왜요?"

"구룡그룹에서 태클을 걸었거든."

"어떤 태클을 걸었단 겁니까?"

"만약 김영묵 교수가 펜싱 협회 부회장으로 취임한다면 구룡그룹 측에서 자금 지원을 영구히 중단하겠다. 이렇게 선언을 했거든. 아무래도 김영묵 교수가 구룡그룹 유명석 회장에게 밉보인 게 있었던 것 같아."

정확한 속사정에 대해서 알지 못하는 최윤배의 오판.

하지만 신복동은 그와 달리 구룡그룹에서 자금 지원을 영구히 중단하겠다고 선언한 속사정에 대해서 잘 알고 있었다.

나와 유명석 회장이 만나서 거래를 하던 자리에 동석했기 때문이었다.

"진우야, 이렇게 될 걸 예상했던 거야?"

"네."

"어떻게……?"

"사이즈가 딱 나오더라고요."

내가 씨익 웃으며 대답하자, 신복동이 고개를 절레절레 가로저었다.

"이제 한국대 법학과 재학생이란 게 좀 실감이 나네."

우리의 대화에 귀를 기울이고 듣던 최윤배가 의아한 표정으로 끼어들었다.

"신 관장, 서 선수가 예상했다니 무슨 소리야?"

"정명섭 전 부회장이 구속되고 난 후에 이런 식으로 상황이 전개될 것임을 대충 예상했다는 뜻입니다."

신복동을 대신해 대답한 후 내가 다시 질문했다.

"그래서 어떤 대안을 찾으셨기 때문에 여기 찾아오신 것 아닙니까?"

"맞네."

최윤배가 인정한 후, 신복동을 바라보며 말했다.

"그 후로 계속 적임자를 고민해 봤는데… 아무래도 신 관장이 펜싱 협회 부회장을 맡아 줬으면 해."

"방금… 뭐라고 하셨습니까?"

전혀 예상치 못했던 제안이기 때문일까.

신복동은 두 눈을 부릅뜬 채 최윤배를 바라보고 있었다.

"현재 공석인 펜싱 협회 부회장직을 신 관장이 맡아 줬으면 한다고 말했어."

그리고 자신이 잘못 들었던 것이 아니라는 사실을 확인한 신복동은 당황한 기색으로 손사래를 쳤다.

"저는 그럴 만한 능력이 없는 사람입니다."

"나도 그렇게 생각해."

"……?"

"펜싱계를 오래 떠나 있었으니까 실무에는 약할 수밖에 없지. 그런데 문득 그런 생각이 들었어."

"어떤 생각 말입니까?"

"그 나물에 그 밥보다는 차라리 신 관장이 낫지 않을까 하는 생각 말이야."

"하지만……."

"그리고 신 관장에게 펜싱 협회 부회장직을 맡아 달라고 제안하는 데는 한 가지 이유가 더 있어."

"무슨 이유입니까?"

"신임 회장님이 그걸 바라고 있어."

"양희동 신임 회장님이 제가 부회장직을 맡는 것을 바란다는 뜻입니까?"

"맞아. 그리고 신 관장이 펜싱 협회 부회장직을 맡는다면 구룡그룹에서 잠시 중단했던 자금 지원을 다시 재개하게 만들겠다고 약속도 했어. 그 약속 때문에 신 관장을 지지하고 있는 임원들의 수도 늘어난 상태야. 만약 신 관장이 부회장직을 맡겠다고 결심만 한다면 무난히 부회장에 당선될 수 있을 정도로 지지하는 임원들이 많아."

Chapter. 5

'결국 돈이 가장 중요하니까.'

내가 속으로 생각할 때였다.

신복동이 내게 강렬한 시선을 던지며 물었다.

"설마… 처음부터 이럴 계획이었던 거야?"

"네?"

"유명석 회장을 만났을 때 자금 지원을 일시 중단해 달라고 부탁했던 것 말이야. 그때 이미 날 부회장으로 만들 작정으로 그런 부탁을 했던 거냐고 묻는 거야."

"맞습니다."

내가 솔직하게 대답하자 신복동이 두 눈을 크게 떴다.

"왜… 그랬어?"

"관장님이 적임자라고 생각했거든요. 그리고 피해를 입은 것에 대한 충분한 보상도 받아야 한다는 생각도 들었고요."

"보상… 이라니?"

"억울하게 펜싱계를 떠났지 않습니까? 그로 인해 허비하셨던 관장님의 아까운 시간에 대한 보상을 받아야죠."

"하지만……."

"관장님이라면 잘하실 수 있을 겁니다."

"정말… 내가 잘할 수 있을까?"

"네, 관장님처럼 억울한 사람이 다시 생기는 것만 막아도 충분하지 않을까요?"

"후우!"

신복동이 긴 한숨을 내쉬었다.

오랫동안 펜싱계를 떠나 있다가 복귀한 지 얼마 흐르지 않은 시점.

이렇게 중책을 맡는 것에 대한 마음의 준비가 필요하기 때문이리라.

"고맙다."

잠시 후, 신복동이 말했다.

난 감사 인사를 건네는 그를 가만히 응시했다.

'좋네.'

마침내 중책을 맡기로 결심한 신복동의 두 눈에 깃든 감정은 복수심이나 욕심이 아니었다.

자정 능력을 잃어버린 펜싱계를 위해서 기꺼이 한 몸 바쳐서 헌신하겠다는 강한 의욕이 깃들어 있었다.

'적임자를 찾은 것 같네.'

내가 희미한 웃음을 머금은 채 입을 뗐다.

"관장님은 분명히 잘해 내실 겁니다."

*   *   *

시간은 빠르게 흘렀다.

1997년 말, 결국 IMF 구제 금융 사태가 터졌다.

IMF 구제 금융 사태가 발발한 탓에 수많은 사람들이 실직하며 힘든 시기를 보냈고, 대한민국 경제도 큰 어려움에 처했다.

내가 이미 한차례 경험했던 그대로였다.

그렇지만 다른 점도 있었다.

아버지가 진우 치킨 사장이 아니라 서가북스 대표를 맡아서 불황 속에서도 승승장구하고 있다는 점.

그리고 일찌감치 IMF 구제 금융 사태를 예언했던 영화 'IMF'가 뒤늦게 재조명을 받았다는 점 등이 다른 점이었다.

그렇게 힘든 시기에도 시간은 흘러갔다.

어느덧 해가 바뀌고 방콕 아시안 게임 개최가 코앞으로 다가온 어느 날, 난 출국을 앞두고 분주하게 움직였다.

＊　　　　＊　　　　＊

"선생님."

"응?"

"놀라지 말고 들으세요."

과외 수업이 끝나갈 무렵, 채수빈이 은근한 목소리로 말했다.

"성적이 폭락했다는 이야기는 아니지?"

"에이, 저 공부 열심히 했어요. 오히려 성적은 더 올랐거든요."

"그럼 됐다. 놀라지 않을 테니까 편하게 말해봐."

"사실은……."

"대체 뭔데 그렇게 뜸을 들이는 거야?"

"제가 며칠 전에 길거리 캐스팅이란 걸 경험했어요."

한참을 뜸 들인 끝에 채수빈이 꺼낸 이야기를 들은 내가 자세를 고쳐 앉았다.

"정말 길거리 캐스팅을 당했어?"

"네."

"뭐라고 했어?"

"제가 너무 예쁘다고 하던데요."

'예쁘긴 하지.'

내가 속으로 생각했다.

빈말이 아니라 채수빈은 예뻤다.

단순히 예쁜 것이 아니라 사람을 휘어잡는 매력의 보유자였다.

"그래서 저를 대한민국을 대표하는 스타로 키워 주겠다고 했어요."

'때가 왔구나.'

하지만 난 웃을 수 없었다.

그리고 마침내 그때가 다가왔음을 알아챈 내가 그녀에게 물었다.

"그래서 수빈이는 뭐라고 했어?"

"전 이미 소속사가 있다고 했어요."

"소속사?"

"블루윈드."

"……?"

"선생님이 대학 입학한 후에 연예계로 진출하면 적극 지원해 주겠다고 약속하셨잖아요. 그러니까 이미 소속사가 있는 셈이죠."

"잘했다."

채수빈에게 예전에 이런 이야기를 꺼냈던 것.

이런 상황을 미리 대비하기 위함이었다.

그 계산대로 상황이 흘러갔으니 다행인 셈이었다.

"너무 아쉬워요."

"뭐가? 길거리 캐스팅을 거절한 것?"

"아니요."

"그럼 뭐가 아쉬워?"

"한동안 선생님을 만나지 못하는 것이요."

난 방콕 아시안 게임에 출전해야 하기 때문에 한동안 과외를 쉬어야 한다고 이미 알린 상황이었다.

그래서 채수빈이 이렇게 아쉬워하는 것이었다.

"금방 다녀올 거야."

"알아요. 그래도 매주 보다가 못 본다고 생각하니까 슬퍼요."

'여고생의 감수성이란.'

눈물을 글썽이고 있는 채수빈을 발견한 내가 살짝 당황했다.

이렇게 슬퍼하는 모습을 보고 있자니, 살짝 나도 가슴이 아팠다.

그렇지만 나까지 눈물 바람을 할 수는 없는 노릇.

그래서 난 웃으며 당부했다.

"선생님 없다고 공부 게을리하면 안 돼."

"네."

"이제 수능까지 진짜 얼마 안 남았어. 꼭 내 후배가 돼야 해."

"걱정 마세요. 제 목표가 캠퍼스 커플이라니까요."

채수빈은 소매로 눈물을 닦고 다부지게 목표를 밝혔다.

'잘하겠네.'

그동안 채수빈은 열심히 공부했다.

덕분에 꾸준히 성적이 상승해서 지금은 한국대학교 하위권 학과에는 합격이 가능한 수준이었다.

게다가 나와 캠퍼스 커플이 되기 위해서 한국대학교에 진학하겠다는 뚜렷한 목표 의식이 있으니 내가 한동안 과외를 못 하더라도 성적이 떨어질 것 같지는 않았다.

"대표님 기다리시겠다. 이제 밥 먹으러 갈까?"

"네."

과외를 마치고 1층으로 내려오자 음식 냄새가 코끝을 찔렀다.

"서 선생님, 오늘도 고생하셨어요."

"아닙니다."

"어서 앉으세요."

"항상 감사합니다."

내가 인사하고 식탁 앞에 앉자, 채동욱이 기다렸다는 듯이 위스키 병을 집어 들었다.

"서 선생, 한잔 받아."

"네."

"서 선생은 참 대단해."

"갑자기 왜……?"

"국가 대표가 됐으니까. 한국대학교 법학과 재학생인 서 선생이 국가를 대표해서 방콕 아시안 게임에 출전할 거라고는 꿈에도 몰랐어."

"최선을 다했습니다."

'군대를 두 번 가기는 죽기보다 싫었거든요.'

내가 속으로 최선을 다했던 이유를 덧붙인 순간이었다.

"참, 얼마 전에 유명석 회장을 만났어."

채동욱이 구룡그룹 유명석 회장을 만났다는 이야기를 꺼냈다.

"무슨 일 때문에 만나셨습니까?"

"유명석 회장이 먼저 만남을 요청했어."

"네."

"그래서 유명석 회장을 만났는데… 좀, 아니, 많이 놀랐어."

"어떤 점 때문에 놀라셨습니까?"

"서 선생 때문에 놀랐어."

"저요?"

"그래, 유명석 회장이 서 선생에 대해서 잘 알고 있더군."

구룡그룹은 대한민국 재계 수위를 다투는 국내 굴지의 대기업.

그런 구룡그룹을 이끌고 있는 회장인 유명석이 일개 대학생에 불과한 나에 대해서 알고 있다는 것이 채동욱을 놀라게 한 것이었다.

"유명석 회장의 딸이 한국대학교에 재학 중입니다. 아마 그래서 저에 대해서 알고 있는 걸 겁니다."

"고작 그 정도가 아니던데?"

채동욱은 의심쩍은 시선을 던졌다.

굳이 유명석 회장을 만난 적이 있다는 사실을 감출 필요는 없다는 생각이 들어서 난 솔직히 털어놓았다.

"실은 한 번 만난 적이 있습니다."

"유명석 회장과 직접 만난 적이 있다?"

"네."

"서 선생이 유명석 회장과 만난 이유는 뭔가?"

채동욱이 흥미를 드러냈다.

"유명석 회장에게 부탁드릴 것이 있어서 제가 만남을 청했습니다."

"부탁? 유명석 회장에게 무슨 부탁을 했는가?"

"펜싱 협회 쪽에 문제가 있어서 그 문제를 해결하기 위해서 유명석 회장을 만나서 도와 달라고 부탁했습니다."

"그랬군."

채동욱이 위스키를 비운 후 다시 입을 뗐다.

"얼마 전에 현 정부 환경부 장관이 유명석 회장을 만나고 싶다고 청한 적이 있네. 그런데 유명석 회장이 만남 요청을 일

언지하에 거절했어."

"그런 일이 있었습니까?"

"그래, 당시에 유명석 회장이 환경부 장관과의 만남을 거절했던 이유가 뭔지 아나? 시간이 아깝다는 거였어."

"환경부 장관 자존심이 많이 상했겠네요."

"그랬겠지. 그런데 중요한 건 유명석 회장에게서 만남을 거절당한 환경부 장관의 자존심이 상했는가 여부가 아냐. 진짜 중요한 건 유명석 회장을 만나는 것이 절대 쉽지 않다는 거야. 그런데 그 어려운 일을 서 선생이 해낸 셈이지."

내게 새삼스러운 시선을 던지며 채동욱이 덧붙였다.

"유명석 회장이 서 선생 칭찬을 많이 하더군."

"어떤 칭찬을 하던가요?"

"앞으로 좀 더 경험이 쌓이고 나면 대한민국을 위해서 아주 큰일을 해낼 인재라고 평가하더군."

"과찬이십니다."

내가 너무 과한 평가라고 겸양을 떨었지만 채동욱의 의견은 달랐다.

"난 유명석 회장이 서 선생을 과소평가하고 있다고 생각하네."

"……?"

"경험이 쌓이지 않은 지금의 서 선생도 충분히 훌륭한 인재라고 평가하거든."

날 향해 던지는 채동욱의 시선은 오늘따라 유독 더 강렬했다.

'위기감을 느꼈나 보네.'

다른 사람도 아닌 구룡그룹 유명석 회장이 내게 관심을 드러냈다는 것.

채동욱에게 위기감을 느끼게 만들었을 것이었다.

그 역시 내게 커다란 관심을 갖고 있었으니까.

"아까 서 선생이 말했던 한국대학교에 재학 중인 유명석 회장의 외동딸 말일세. 서 선생과 많이 친한가?"

'아닌가?'

채동욱이 갑자기 화제를 유승아로 바꾸며 은근한 목소리로 질문하는 것을 들은 내 생각이 바뀌었다.

'날 사윗감으로 점찍은 건가?'

이런 대화가 이어지는 것이 좀 부담스러워서 내가 서둘러 화제를 돌렸다.

"별로 안 친합니다. 그보다… 유명석 회장은 왜 대표님을 만나신 겁니까?"

"내게 투자를 요청하더군."

"투자요?"

"곧 구룡그룹 측에서 신사업에 뛰어들 예정인 것 같아. 그래서 투자금을 확보하기 위해서 날 만난 듯해."

"그래서요?"

"아직 확답은 하지 않았네."

'구룡그룹이면 안전하고 괜찮은 투자처 아닌가?'

그럼에도 불구하고 채동욱이 투자 요청에 대한 확답을 뒤로 미뤘다는 이야기를 들은 내가 다시 질문했다.

"왜 확답을 미루신 겁니까?"

"서 선생의 의견을 한번 들어 보고 싶어서 미뤘네."

'날 많이 믿긴 하는구나.'

대규모 투자 결정 건을 앞두고 회사 임직원들이 아닌 나와 상의한다는 것.

그가 날 많이 믿는다는 증거였다.

'그동안 내 덕을 많이 보긴 했으니까.'

내가 속으로 생각하면서 입을 뗐다.

"제가 관여할 수 있는 부분은 아닌 것 같습니다."

"응?"

"대표님이 결정하실 사안이죠."

"그렇긴 하지."

채동욱은 대답을 피하는 내게 서운한 기색이 역력했다.

그 점이 좀 마음에 걸리긴 했지만, 이건 나로서도 어쩔 수 없었다.

페널티를 받았기 때문에 미래 지식을 활용할 수 없는 지금, 함부로 어떤 충고나 조언을 던질 수는 없는 노릇이었기 때문이었다.

"다만……."

"다만 뭔가?"

"유명석 회장은 믿을 만한 사람인 것 같습니다."

"구룡그룹이 아니라 유명석 회장을 믿고 투자하란 뜻인가?"

페널티를 받아서 더 이상 미래 지식을 활용할 수 없는 내가 할 수 있는 것은 사람을 만나 보고 판단을 내리는 것뿐이었다. 그리고 내가 직접 만나서 경험했던 유명석 회장은 계산이 정확하고 투자를 할 줄 아는 인물이었다.

내 거래 제안을 수용했던 것이 그 증거.

"그렇습니다."

"알겠네. 참고하지."

채동욱은 비로소 만족한 기색이었다.

그런 그가 제안했다.

"자, 한잔 더 받게."

"네."

"이 나라 국민의 한 사람으로서 아시안 게임에 출전하는 서 선생을 응원하겠네. 몸 조심히 잘 다녀오게."

내가 들어 올린 잔에 위스키를 채워 주며 채동욱이 당부했다.

"감사합니다."

내가 인사한 순간, 채동욱이 덧붙였다.

"서 선생이 아시안 게임에 출전해 메달을 획득해서 군 면제를 받겠다는 목표를 꼭 이뤘으면 좋겠군."

*　　　　*　　　　*

원서 서적을 읽던 것을 마친 신세연이 커피를 내렸다.

구수한 커피 향이 번지는 사무실에서 보내는 자유롭고 평화로운 오후 시간은 꿈꾸는 것처럼 좋았다.

"정말 다행이다."

그래서 막 내린 원두커피를 한 모금 마시며 신세연이 작게 혼잣말을 꺼냈다.

IMF 구제 금융 사태의 후폭풍은 컸다.

특히 실업의 공포가 한국 사회를 휩쓸었고, 당장 신세연의 지인들 중에서도 다니던 회사가 부도가 나서 실업자가 된 이들이 여럿이었다.

게다가 재취업의 문이 더욱 좁아진 탓에 절망하는 주변 지인들의 모습을 자주 보다 보니, SB컴퍼니에 운 좋게 입사했던 것이 새삼 다행이란 생각이 들었다.

그리고 더 다행인 점은 SB컴퍼니는 IMF 구제 금융 사태가 대한민국을 휩쓸었음에도 불구하고 별다른 어려움을 겪지 않는다는 점이었다.

"부대표님, 이번에 투자 수익이 많이 늘어났습니다. 네, IMF 구제 금융 사태가 발발한 것을 이용해서 공격적인 투자를 했던 것이 적중했습니다. 위기는 곧 기회라는 격언이 들어맞은 셈이라 투자 수익이 크게 늘어나긴 했지만… 마냥 기뻐할 수만은 없네요. 저도 대한민국 국민 중 한 사람이니까요."

얼마 전 백주민이 회사 부대표 서진우와 했던 통화 내용을 신세연은 들었던 적이 있었다.

투자 수익을 얼마나 올렸는지 정확한 액수까지는 알지 못했지만, 이 통화 내용이 사실이라면 SB컴퍼니는 IMF 구제 금융 사태 이후 위기에 빠진 게 아니라 오히려 승승장구하고 있었다.

"더 충성해야지. 아니, 뼈를 묻을 각오로 일해야지."

그로 인해 애사심이 더욱 깊어진 신세연이 다부진 각오를 다지고 있을 때였다.

딩동.

사무실 초인종이 울렸다.

그 초인종 소리를 들은 신세연은 하마터면 손에 들고 있던 머그잔을 놓칠 뻔했을 정도로 깜짝 놀랐다.

새 직장에서 근무하기 시작한 지 어느덧 2년 가까이 흐른 시점.

그런데 누군가 사무실을 방문한 것은 이번이 처음이었기 때문이었다.

"누구지?"

지금까지 한 번도 경험해 본 적 없는 상황이었기에 신세연이 당황하고 있을 때였다.

끼이익.

대표실의 문이 열리고 백주민이 사무실로 나왔다.

"대표님, 누가……."

누가 찾아왔다는 사실을 알리려고 했지만, 백주민이 한발 더 빨랐다.

"알고 있습니다."

"……?"

"제가 불렀습니다. 그리고 신세연 씨가 놀라실 것 같아서 제가 나왔습니다."

"손님이 찾아오신 건가요?"

"아닙니다."

"그럼 누가……?"

"사무실에 TV를 설치하려고 기사를 불렀습니다."

"TV요? TV는 갑자기 왜……?"

"방콕 아시안 게임이 열리고 있으니까요."

백주민이 대답을 마치고 사무실 문을 열었다.

아까 그의 설명대로 TV 설치 기사가 도착해 있었다.

'대표님이 스포츠를 많이 좋아하시나 보구나.'

그동안 전혀 몰랐던 사실.

'아는 게 별로 없네.'

새삼 백주민에 대해서 아는 것이 별로 없다는 생각을 하면서 신세연이 질문했다.

"대표님이 스포츠를 이렇게 좋아하시는 줄 몰랐어요."

"안 좋아합니다."

"네? 그런데 왜……?"

"지인이 아시안 게임에 출전하거든요. 그래서 직접 관람하면서 응원하기 위해서 TV를 설치한 겁니다."

"지인… 이요?"

"네."

'지인이 대체 누구지?'

신세연이 의문을 품은 사이, TV 설치가 끝났다.

백주민이 리모컨을 집어 들어 TV를 조작하면서 제안했다.

"오늘은 치킨을 배달시켜 드시죠."

"치킨이요? 하지만……."

신세연이 말끝을 흐리며 대답을 망설였다.

회사 부대표인 서진우가 식사는 꼭 식당에서 제대로 챙겨 먹어야 한다고 신신당부했던 것이 떠올랐기 때문이었다.

'직무 유기 아닌가?'

신세연이 속으로 생각할 때였다.

"부대표님도 이해해 줄 겁니다."

자신의 속내를 읽기라도 한 듯 백주민이 덧붙였다.

"정말 부대표님이 이해해 주실까요?"

"그럼요."

"알겠습니다. 주문은 어떻게 할까요?"

"넉넉히 시키세요. 맥주도 넉넉히 시키고요."

"술도… 드시려고요?"

"네, 스포츠 경기를 보면서 응원할 때는 치맥이 진리죠."

"치맥… 이요?"

치맥은 처음 들어 보는 단어.

그래서 신세연이 살짝 당황하며 되물었을 때, 백주민은 더욱 당황한 기색으로 말했다.

"그러니까 치맥이 뭐냐면… 치킨과 맥주의 줄임말이에요."

"아, 네."

치맥이 치킨과 맥주의 줄임말이라는 설명을 듣고 이해했던 신세연이 고개를 갸웃했다.

치맥이란 줄임말을 사용한 것.

딱히 대단한 실수를 한 것도 아니었고, 절대 해서는 안 될 일을 한 것도 아니었다.

그럼에도 불구하고 백주민이 과하다 싶을 정도로 당황하는 것이 신세연이 의아함을 품은 이유였다.

'처음이네.'

그동안 백주민을 보필하면서 이렇게 당황한 모습을 보이는 것은 처음이란 생각을 하며 신세연이 휴대 전화로 치킨과 맥주를 넉넉히 주문했다.

그사이, 이리저리 채널을 돌리던 백주민은 채널을 고정한 채 지켜보기 시작했다.

'펜싱?'

그리고 백주민이 멈춘 채널에서는 펜싱 경기가 중계되고 있었다.

"방콕 아시안 게임 남자 사브르 종목 개인전 준결승전 경기를 중계해 드리고 있습니다. 남자 사브르 종목 개인전에 대한민국에서는 구병길과 이민상, 두 선수가 출전했습니다. 이민상 선수는 아쉽게도 8강에서 이란 선수에게 패하며 탈락했고, 구병길 선수는 지금 준결승전을 치르고 있습니다. 현재 스코어는 11 대 12. 숙명의 라이벌답게 구병길 선수와 일본의 야무라 켄지 선수는 결승 진출을 앞두고 준결승전에서 만나 팽팽한 접전을 이어 나가고 있습니다."

펜싱 경기 중계가 진행되는 TV 화면을 향해 신세연이 무심한 눈길을 던졌다.

평소 펜싱에는 문외한.

선수의 얼굴이나 이름은 물론이고 경기 룰조차 모르는데 중계되고 있는 펜싱 경기에 흥미가 생길 리가 없었기 때문이었다.

"재밌네요."

그때 백주민이 팔짱을 낀 채 말했다.

"대표님은 펜싱에 대해서 잘 아시는가 보네요?"

신세연이 묻자, 백주민이 고개를 흔들었다.

"저도 잘 모릅니다."

"그런데 재밌으세요?"

"한일전이니까요."

"……?"

"한일전은 대부분 재밌습니다. 그리고 무조건 이겨야 하고 요."

백주민이 펜싱 중계를 하고 있는 TV 화면에서 시선을 떼지 않은 채 대답했다.

"아!"

잠시 후 백주민이 탄식을 내뱉었다.

그런 그가 이내 주먹을 불끈 움켜쥐었다.

'혹시 아까 말씀하셨던 지인이 저 선수인가?'

펜싱 중계를 지켜보면서 잔뜩 집중하고 있는 백주민을 힐끗 확인한 신세연이 속으로 생각할 때였다.

백주민이 다시 주먹을 불끈 움켜쥐었다.

그와 동시에 아나운서의 격앙된 목소리도 들려왔다.

"구병길 선수가 극적으로 득점에 성공하면서 다시 동점이 됐습니다. 다행입니다. 이제 스코어는 14 대 14. 앞으로 한 점을 더 획득하는 선수가 방콕 아시안 게임 펜싱 남자 사브르 종목 결승전에 진출하게 됩니다. 손에 땀이 나는 순간이 아닐

수 없습니다. 아, 경기 재개됐습니다. 두 선수가 동시에 공격을 펼쳤습니다. 결과는⋯ 아! 아쉽습니다. 야무라 켄지 선수가 15 대 14로 구병길 선수를 제압하고 결승 진출에 성공했습니다. 이어서 축구 예선전 경기를 중계하겠습니다."

일본 선수에게 패해서 구병길 선수의 결승 진출이 좌절된 것이 아쉽다는 아나운서의 열변이 끝나기 무섭게 중계 화면이 바뀌었다.

그로 인해 신세연이 황당한 표정을 지었을 때, 백주민이 설명했다.

"이게 비인기 종목의 설움입니다."

"네?"

"대중들이 관심이 없어서 시청률이 안 나오거든요. 그래서 중요 경기만 방송하고, 그마저도 경기가 끝나자마자 인기 종목 중계로 넘어가죠."

"아, 네."

"좀 아쉽네요."

"펜싱이 비인기 종목이라서요?"

"아니요. 구병길 선수가 결승 진출에 실패한 게 아쉽다는 뜻이었습니다."

신세연이 정정하는 백주민에게 의아한 시선을 던졌다.

경기가 막바지로 향했을 당시, 그는 잔뜩 경기에 몰입해서 응원하고 있었다.

그런데 정작 구병길 선수가 패해서 결승 진출이 좌절된 지금은 크게 아쉬워하는 기색이 아니었기 때문이었다.

　그런 신세연의 속내를 읽었을까.

　구병길이 다시 입을 열었다.

　"한국 선수인 구병길 선수가 일본 선수에게 패해서 결승 진출에 실패한 것으로 인해 아쉬운 마음이 드는 건 사실이지만 한편으론 다행이란 생각도 듭니다."

　"왜 다행이란 건가요?"

　"부대표님에게는 더 유리해졌기 때문입니다."

　'내가… 잘못 들었나?'

　신세연이 재차 고개를 갸웃했다.

　백주민이 이 시점에 갑자기 부대표인 서진우를 언급한 것이 이해가 가지 않아서였다.

　"대표님, 좀 전에 잘못 말씀하신 거죠?"

　"네?"

　"아까 한국 선수가 준결승전에서 패해서 결승 진출이 무산된 것이 부대표님에게는 더 유리해졌다고 말씀하셨거든요. 저 한국 선수가 준결승전에서 패했던 것이 부대표님에게 유리할 이유가 없잖아요?"

　"이유 있습니다."

　"네?"

　"방금 결승 진출에 실패했던 구병길 선수가 곧이어 펼쳐질 남자 사브르 종목 단체전에도 출전하거든요. 아니, 그냥 단체전에 출전하는 게 아니라 부대표님과 함께 남자 사브르 종목 단체전 에이스입니다. 개인전에서 금메달을 획득할 수 있는 기회를 놓쳐 버린 만큼 이제부터는 단체전에 더 집중할 테니까……."

"잠시만요."

신세연이 백주민의 말을 도중에 잘랐다.

"그러니까… 부대표님께서 아시안 게임 펜싱 경기에 출전했단 뜻이에요?"

"맞습니다."

"농담… 이시죠?"

"농담 아닌데요."

"그럼… 아까 아시안 게임에 출전하는 지인이 있다고 말씀하셨던 것이 부대표님이셨던 건가요?"

"네."

백주민이 재차 서진우가 아시안 게임 펜싱 남자 사브르 종목 국가 대표로 단체전에 출전한다는 사실을 확인해 주었다.

그럼에도 불구하고 신세연은 그 말을 순순히 믿기 힘들었다.

서진우는 한국대학교 법학과 재학생.

그런데 갑자기 펜싱 국가 대표로 아시안 게임에 출전했다고 하니까 믿기 힘든 것이었다.

"잘 믿기지 않는가 보네요."

"네? 네."

"그런데 사실입니다."

"네."

신세연이 천천히 고개를 끄덕였다.

백주민은 평소 농담을 즐기는 편이 아니었다.

매사에 진중한 편이었다.

그런 그가 이렇게까지 이야기하고 있으니 사실이리라.

그리고 의심을 지우고 나자, 그 빈자리를 새로운 감정이 채웠다.

'난 대체 뭘 하고 살았던 거야?'

대학생 때 자신은 학과 공부를 따라가는 것만도 벅찼다.

그런데 서진우는 달랐다.

영화 제작, 투자 회사 부대표, 그리고 방콕 아시안 게임에 펜싱 종목 국가 대표로 출전하기까지 했다.

그로 인해 자괴감이 깃들었을 때, 백주민이 위로하듯 말했다.

"부대표님은 천재입니다. 간혹 그런 천재가 있어야 세상이 더 재밌는 법이죠."

"그렇긴 하지만……"

"우리 같은 범재들이 할 일은 천재가 세상을 바꿀 수 있도록 곁에서 최선을 다해서 보필해 주는 겁니다."

"네, 네, 알겠습니다. 감사합니다."

드라마 피디 송진한과의 통화를 마친 신대섭이 안도의 한숨을 내쉬었다.

송진한이 연출을 준비하는 작품에 배용진이 주연으로 출연하기로 결정이 된 것이 그를 안도케 만든 것이었다.

"이제 빚을 갚았네."

배용진은 의리를 지켰다.

자신과의 약속을 지키기 위해서 최소한의 계약금만 받고 '블루윈드'로 이적했으니까.

그런 그에게 꼭 빚을 갚고 싶었는데.

최근 들어 가장 주목받고 있는 연출자인 송진한 감독이 연출을 맡은 작품에 남자 주인공으로 출연하는 것이 결정됐으니 배용진에게 어느 정도 빚을 갚은 셈이었다.

똑똑.

그때 노크 소리가 들려왔다.

잠시 후 대표실로 들어온 것은 이강희였다.

"어, 강희야. 네가 연락도 없이 무슨 일이야?"

이강희는 일주일 전 영화 촬영을 마쳐 지금은 휴식을 하고 있는 중이었다.

그런 이강희가 갑자기 자신을 찾아왔기에 신대섭이 의아한 시선을 던졌을 때였다.

"대섭 오빠는 알고 있었어요?"

이강희는 인사도 건너뛰고 다짜고짜 질문부터 던졌다.

"갑자기 뭘 묻는 거야?"

"진우요."

처음에는 '서진우 씨'라고 깍듯하게 불렀지만, 친분이 쌓이고 난 후 이강희는 '진우'라고 편하게 부르기 시작했다.

그런 그녀에게 신대섭이 부탁했다.

"좀 알아듣게 얘기해 봐."

"대섭 오빠도 몰랐나 보네."

"……?"

"진우랑 연락 안 된 지 꽤 됐죠?"

"응, 꽤 됐어."

신대섭이 고개를 끄덕였다.

"한동안은 제가 많이 바쁠 것 같습니다. 지금 하고 있는 일이 어느 정도 마무리되고 나면 제가 연락드리겠습니다."

서진우는 한동안 많이 바쁠 것 같다는 이야기를 했었다. 그리고 그 후로 일 년 가까이 코빼기도 비치지 않았다.

신대섭이 몇 번 전화를 걸어 봤지만 받지 않았었고.

'사법 고시를 준비하는가 보구나.'

서진우는 한국대학교 재학생.

그래서 신대섭은 서진우가 본격적으로 사법 고시 준비에 돌입했을 거라고 막연히 짐작하고 있었다.

"사법 고시 준비하느라 정신없는 것 같은데?"

해서 자신의 추측을 알려 주자 이강희가 고개를 흔들었다.

"아니거든요."

"아니라니?"

"진우 말이에요. 사법 고시 준비하는 게 아니라고요. 방콕 아시안 게임에 펜싱 국가 대표로 출전했어요."

너무 뜬금없는 이야기.

그래서 신대섭이 황당하단 표정을 지은 채 되물었다.

"강희야, 방금 뭐라고 했어?"

"진우가 방콕 아시안 게임에 펜싱 국가 대표로 출전했다고요."

"그게 무슨……?"

"진짜예요. 이거 봐요."

이강희가 철 지난 신문을 건넸다.

〈한국대학교 법학과 재학생, 펜 대신 칼을 잡았다〉

그 신문을 엉겁결에 건네받아서 살피던 신대섭이 기사 제목을 확인하고 난 후 두 눈을 치켜떴다.

"이 기사 제목에 등장한 한국대학교 법학과 재학생이… 설마 서진우 이사야?"

"맞아요. 이제 제 말이 믿겨요?"

이강희의 질문에 대답하는 대신에 신대섭은 빠르게 기사 내용을 읽어 내려가기 시작했다.

'처녀 출전 했던 협회장 배 펜싱 대회에서 우승을 차지한 데 이어서 국가 대표 선발전에서도 우승을 차지하면서 펜싱 남자 사브르 종목 국가 대표로 발탁됐다?'

그리고 서진우가 진짜 펜싱 국가 대표로 발탁돼서 아시안 게임에 출전한다는 사실을 뒤늦게 확인한 신대섭이 입을 쩍 벌렸다.

'진짜… 정체가 뭐야?'

이미 여러 번 자신을 놀라게 했던 서진우였다.

그런데 또 한 번 자신을 더 놀라게 만들었다.

'확실히 사람 놀라게 만드는 재주가 있어.'

신대섭이 속으로 생각하며 말했다.

"갑자기 펜싱이라니. 그것도 취미로 하는 게 아니라 국가 대표라니."

"대섭 오빠도 많이 놀랐죠?"

"안 놀라면 더 이상하지."

신대섭이 대답한 후 다시 질문했다.

"서 이사는 언제 경기에 출전해?"

"오늘이요."

"오늘?"

"네. 그래서 찾아왔어요."

"응?"

"우리도 응원해야죠."

이강희가 사무실로 찾아온 용건을 밝힌 순간, 신대섭이 고개를 끄덕였다.

"당연히 응원해야지. 나가자."

신대섭이 열 일을 제쳐 두고 아시안 게임에 출전한 서진우를 응원하러 가기로 결심했다. 그리고 이강희가 함께 대표실을 나왔을 때, 사무실에는 신은하와 이창성을 비롯한 여러 배우들이 모여 있었다.

"왜… 다들 여기 모여 있어?"

신은하는 드라마 촬영 중, 이창성은 뮤직비디오 촬영 중이라는 사실을 알고 있는 신대섭이 당황했을 때였다.

"촬영 일정 뒤로 미뤘어요."

"왜?"

"진우, 응원해야죠."

신은하가 생긋 웃으며 대답했다.

"창성이 넌?"

"지금 뮤직비디오가 중요한 게 아니지 않습니까?"

"그래서 촬영을 뒤로 미뤘다?"

"제가 또 의리 빼면 시체 아닙니까?"

신대섭은 너스레를 떠는 이창성에게 잔소리를 하는 대신 선언했다.

"그래, 다 같이 가자. 오늘은 내가 쏜다."

그때 신은하가 제안했다.

"제가 응원하기 아주 좋은 곳을 알고 있는데 거기로 가는 게 어때요?"

*   *   *

"이게 대체… 뭔 일이야?"

서주연은 집으로 방문해서 분주하게 촬영 준비를 하고 있는 방송 스태프들과 기자들을 바라보며 혀를 내둘렀다.

동생인 서진우가 대학 수학 능력시험에서 유일한 만점자가 됐을 때 한차례 기자들이 집으로 찾아왔던 적이 있었다.

그런데 또 기자들과 방송 스태프들이 집으로 찾아와 있는 이유.

서진우가 방콕 아시안 게임에 남자 사브르 종목 국가 대표로 발탁돼서 단체전에 출전하기 때문이었다.

'진짜… 내 동생 맞아?'

고3이 되기 전 서진우와 고3이 된 후 지금까지의 서진우.

마치 다른 사람처럼 느껴질 정도로 너무 달랐다.

그래서 서주연은 시간이 흐르면 흐를수록 서진우의 정체에 대해서 의문을 품은 반면, 엄마와 아빠는 달랐다.

오히려 이 순간을 즐기고 있는 것처럼 보였다.

"주연아."

"응?"

"엄마, 머리 괜찮아?"

방송 출연을 앞두고 미용실까지 다녀온 엄마는 기분이 좋은 듯 콧노래까지 흥얼거리고 있었다.

"엄마!"

"왜? 이상해?"

"그게 아니라… 지금 엄마 머리가 중요한 게 아냐."

"그럼 뭐가 중요한데?"

"이상하지 않아?"

"뭐가?"

"진우 말이야. 얼마 전까지 진우는 펜싱 룰도 몰랐어. 그런데 갑자기 펜싱 국가 대표로 발탁돼서 아시안 게임에 출전하는 것이 엄마가 보기에는 이상하지 않냐고."

"이상해."

"그렇지? 엄마가 생각해도 이상하지?"

"응, 내 배 속에서 어떻게 저렇게 잘난 아들이 태어났을까? 엄마가 생각해도 확실히 이상하긴 해."

"엄마!"

서주연이 어이없단 표정을 지은 순간이었다.

딩동.

초인종이 울렸다.

'기자들이 더 찾아왔나?'

서주연이 속으로 생각하며 현관문을 열었다.

그런 그녀가 두 눈을 크게 떴다.

신은하와 이강희, 이창성, 그리고 전우상까지.

현재 대한민국에서 가장 잘나가는 톱스타들이 현관문 앞에 서 있는 것을 발견했기 때문이었다.

"어……!"

당황한 서주연이 멀뚱히 서 있을 때였다.

"동생, 오랜만이야."

이미 친분이 있는 이강희가 웃으며 인사를 건넸다.

"네, 언니. 오랜만이에요. 그런데 우리 집엔 어떻게……?"

"진우, 응원하러 왔어."

"네?"

"진우가 아시안 게임에 출전하잖아. 그래서 같이 모여서 응원하면 더 좋을 것 같아서."

"아, 네. 일단 들어오세요."

갑작스러운 톱스타들의 방문에 당황한 것은 서주연만이 아니었다.

집에 방문해 있던 방송 스태프들과 기자들도 '블루윈드' 소속 톱스타들의 예고 없는 방문에 깜짝 놀라긴 마찬가지였다.

그리고 그들은 눈치가 빨랐다.

톱스타들의 방문이 이슈가 된다는 것을 직감적으로 알아채고 빠르게 촬영과 인터뷰를 준비하기 시작했다.

그사이, 아빠가 나서서 손님을 맞이했다.

"어서들 와요."

"갑자기 찾아와서 실례가 아닌지 모르겠습니다."

"실례는 무슨. 모르는 사이도 아닌데. 잘 왔어요."

"감사합니다."

'우리 아빠, 대단하네.'

서주연이 톱스타들의 방문에도 전혀 당황하지 않고 여유 있게 맞이하는 아빠에게 새삼스러운 시선을 던졌다.

따지고 보면 중소기업 과장에서 출판사 대표로 변신한 아빠 역시 이상한 건 마찬가지였다.

자리가 사람을 만든다는 걸까?

출판사 대표가 된 후 표정과 행동에 여유가 묻어났다.

그사이 기자들은 기회를 놓치지 않고 질문을 던지기 시작했다.

"이강희 씨, 서진우 선수와 아는 사이인가요?"

"네, 아주 잘 알죠."

"어떻게 아시는 사이인가요?"

"제가 아주 잘 보여야 하는 분이에요. 소속사 이사님이시거든요."

"네? 서진우 선수가 이강희 씨의 소속사인 '블루윈드'의 이사라고요?"

"맞아요. 서진우 이사님 가족분들과도 친분이 있고요. 그래서 함께 응원하기 위해서 찾아왔습니다."

이강희가 대답을 마친 순간, 기자들과 방송 스태프들이 술렁이기 시작했다.

"서진우 선수, 대학생이라고 하지 않았어?"

"한국대학교 법학과 재학생이 펜싱 국가 대표가 된 것만도 신기한 일인데. 잘나가는 연예 기획사 이사라고?"

"서진우 선수, 정체가 뭐야?"

'나도 궁금해 죽겠거든요.'

친누나인 서주연이 속으로 대답한 순간, 기자 한 명이 말했다.

"서진우 선수 아버님은 좋으시겠어요. 이렇게 대단한 아드님을 뒀으니까요."

그 이야기를 들은 아빠가 환하게 웃으며 소감을 밝혔다.

"네, 아주 좋습니다."

*　　　　　*　　　　　*

"빌어먹을!"

최종스코어 15 대 9.

펜싱 남자 사브르 개인전 동메달 결정전에 출전했던 구병길은 15 대 9로 패하며 동메달 획득에 실패했다.

숙적에게 패하며 개인전 결승 진출에 실패한 데 이어서 한 수 아래로 평가받던 중국 선수에게까지 패하며 메달 획득에 실패한 구병길은 실망한 기색이 역력했다.

황망한 표정을 지은 채 멍하니 주저앉아 있는 구병길의 실망감이 얼마나 클지 알고 있기 때문일까.

선수들은 물론이고 감독도 위로는커녕 감히 구병길의 곁으로 다가갈 생각을 하지 못하고 있었다.

"왜… 패한 거지?"

바닥에 주저앉은 채 연신 자책하고 있는 구병길의 곁으로 내가 다가갔다.

"선배."

"응?"

"실망이 크시죠?"

"그래."

구병길은 나와 달랐다.

그는 펜싱 외길 인생을 걸어온 선수.

이번 방콕 아시안 게임에서 금메달을 획득하기 위해서 힘겨운 훈련을 묵묵히 버텨 냈다.

그리고 목표를 달성할 수 있는 기회가 마침내 찾아왔지만, 아쉽게 그 기회를 허공에 날려 버린 상황.

실망감이 무척 큰 것이 당연한 일이었다.

그런 구병길의 현재 심정을 모르지 않았지만, 난 따스한 위로를 건네기 위해서 찾아온 것이 아니었다.

이제 곧 남자 사브르 종목 단체전이 시작되는 상황.

그리고 구병길은 남자 사브르 종목 단체전 한국 팀 에이스였다.

그런 그가 개인전에서 메달 획득에 실패하면서 멘탈이 와르르 무너진 상태였다.

만약 이대로라면 단체전에 출전하더라도 좋은 성적을 거두기 어렵다는 사실을 알기에 독하게 마음먹고 내가 입을 뗐다.

"선배, 왜 한 수, 아니, 두 수 아래라고 평가받던 중국 선수에게 패해서 메달 획득에 실패하셨는지 이유를 아시겠습니까?"

"…모르겠어."

"너무 조급했습니다."

"내가… 너무 성급했다?"

"네, 상대를 너무 경시했죠."

결승 진출이 무산된 상황에서 두 수 아래로 평가받던 중국 선수와 맞붙은 순간, 구병길은 상대를 경시했다.

그래서 경기를 빨리 끝내기 위해서 서두르다가 오히려 중국 선수에게 주도권을 빼앗기며 패한 것이었다.

"결과적으로는 멘탈이 무너졌기 때문입니다. 준결승전에서 패한 충격이 너무 컸기 때문에 그 충격에서 벗어나지 못해서 경기에 오롯이 집중하지 못했기 때문에 중국 선수에게 또 한 번 패했던 거고요."

내가 패인 분석을 마치자, 구병길은 반박하는 대신 수긍했다.

"네 말이 맞아. 내가 너무 서둘렀어. 그리고… 아프네."

"죄송합니다."

"왜 네가 죄송해?"

"위로를 생략했으니까요."

"……?"

"마음 같아서는 위로를 해 드리고 싶지만… 그럴 시간이 없네요. 곧 단체전이 시작되니까요. 에이스인 선배가 멘탈을 회복하지 않으면 단체전에서도 좋은 성적을 거두기는 힘듭니다. 그래서 위로를 생략한 것, 사과드리겠습니다."

"미안해할 필요 없어. 지금 내게 딱 필요한 이야기이긴 했으니까."

구병길이 쓴웃음을 머금은 채 꺼낸 이야기를 들은 내가 다시 말했다.

"이대로 빈손으로 돌아가면 후회하시지 않겠습니까?"

"당연하지."

"그럼 멘탈 챙기시죠."

"미안해."

"선배는 또 왜 미안하신 겁니까?"

"명색이 선배인데 후배에게 못난 모습을 보였으니까."

"괜찮습니다. 사람은 누구나 실수를 하는 법이니까요. 중요한 건 실수를 반복하지 않는 겁니다."

누구나 실수를 하고 후회를 한다.

중요한 건 그 실수를 바로잡는 것.

그리고 구병길은 너무 늦지 않게 멘탈을 수습한 듯 보였다.

"네 목표가 아시안 게임에서 금메달을 따서 군 면제를 받는 거라고 했지?"

"맞습니다."

"잘됐네. 나도 꼭 금메달을 따야겠거든."

개인전 노메달에 그친 구병길은 단체전 금메달에 대한 강한 의지를 드러내며 덧붙였다.

"그 목표를 달성하기 위해서 네가 좀 도와줘."

*   *   *

펜싱 남자 사브르 종목 단체전 8강전.

대한민국의 상대는 아랍에미리트였다.

그리고 남자 8강전 단체전 경기가 진행되고 있었지만, 난 아직 경기에 출전한 적이 없었다.

단체전 경기 룰은 4명의 엔트리 선수 가운데 3명이 출전하고, 경기 도중에 엔트리 교체가 가능했다.

나, 구병길, 이민상, 박태하.

국가 대표로 선발돼서 단체전 엔트리에 올린 선수 명단이었다. 그리고 단체전을 앞두고 코칭스태프들과 논의를 한 끝에 처음에는 구병길을 제외한 나와 이민상, 박태하가 8강전까지 경기를 치르기로 경기 플랜을 짰다.

16강전 상대인 인도네시아와 8강전 상대인 아랍에미리트가 상대적으로 약체였기 때문에 에이스인 구병길의 체력을 세이브 하기 위한 경기 플랜.

그러나 구병길이 반대를 표했다.

"일단 진우를 제외하고 저와 민상이, 그리고 태하가 8강전까지 출전하죠. 진우의 체력을 걱정하거나 실력이 못 미더워서가 아닙니다. 오히려 반대입니다. 진우를 믿기 때문에 준결승까지 아끼며 감추려는 겁니다. 진우는 우리 팀의 비밀 병기나 다름없으니까요. 그때까지 최대한 진우를 감추는 것이 제 체력을 세이브 하는 것보다 중요하다고 생각합니다."

구병길이 강하게 주장하자, 코칭스태프들도 심사숙고 끝에 그의 주장을 수용했다.

이것이 아랍에미리트와의 8강전이 치러지고 있는 지금까지 내가 한 번도 경기에 출전하지 않았던 이유였다.

"제 체력은 민상이와 태하가 도와주면 충분히 세이브 할 수 있을 겁니다."

당시 개인전에 출전했던 구병길은 체력 세이브를 할 수 있도록 이민상과 박태하에게 도움을 청했다. 그리고 두 선수는 최선을 다했다.

특히 박태하는 출전할 때마다 상대 선수를 맹폭했다.

갑작스러운 부상이 발생하지 않는 한 8강전까지가 자신이 뛸 수 있는 경기라는 사실을 잘 알고 있기 때문에 그는 체력을 아끼지 않고 모든 것을 쏟아부었다.

현재 스코어 39 대 11.

아랍에미리트가 약체이긴 했지만, 사브르 종목 단체전에서 이렇게 압도적으로 점수 차가 벌어진 것은 박태하의 분전 덕분이었다.

양 팀 에이스들이 출전하는 마지막 9바우트에도 출전한 박태하는 마지막 포인트까지 직접 올리면서 한국의 4강행을 이끌었다.

'4강전부터 내가 출전하는 것에 불만을 품을 수도 있지 않을까?'

이런 우려가 들 정도로 박태하는 컨디션이 좋았고 경기력도 뛰어났다. 그렇지만 괜한 기우에 불과했다.

"내 역할은 일단 여기까지다."

"네."

"우승하고 싶다. 널 믿는다."

"알겠습니다. 최선을 다하겠습니다."

"하나 더. 최악의 경우에도 내가 대기하고 있으니까 너무 부담을 갖지는 마."

내게 당부하는 박태하는 전혀 불쾌하거나 아쉬운 기색이 없었다.

그렇지만 열 길 물속은 알아도 한 길 사람 속은 모르는 법.

그래서 난 4강전을 앞두고 구병길을 찾아가서 물었다.

"선배, 태하 선배가 말을 그렇게 했지만 서운해하지 않을까요?"

"태하는 진심이야."

"하지만……."

"기동민이 아니라 태하가 국가 대표로 발탁되길 원했던 이유가 바로 이거야. 태하는 욕심이 없거든. 그리고 스타가 되려고 하지 않아. 개인보다 팀을 우선시하거든. 적어도 내가 아는 태하는 그래."

그 대화 덕분에 난 마음의 부담을 덜 수 있었다. 그리고 마침내 남자 사브르 단체전 4강전이 시작됐다.

한국 VS 이란.

일본 VS 중국.

펜싱 남자 사브르 종목 4강전 대진이었다.

내 입장에서는 이란과 맞붙게 되는 준결승전은 오히려 결승전보다 더 중요한 의미가 있었다.

만약 이란과의 준결승전에서 승리를 거두면 결승 진출에 성공하면서 최소 은메달을 확보하기 때문에 군 면제가 확정되기 때문이었다.

'만약 준결승전에서 패하면… 동메달 획득도 어려울 수 있다!'

남자 사브르 종목 개인전에 출전했던 구병길과 이민상은 모두 메달 획득에 실패한 상황.

그런데 단체전에서도 결승 진출에 실패한다면 동기 부여 요소가 확 줄어들 터였다.

그로 인해 경기에 제대로 집중하지 못하면 동메달 획득에도 실패할 가능성이 농후했다.

이런 이유들로 인해 이란과의 준결승전은 무척 중요했다.

그리고 난 기선을 제압해야 하는 가장 중요한 역할을 맡는 선봉 역할을 맡아서 처음으로 경기에 출전했다.

*   *   *

뚜우우, 뚜우우.

신호음이 세 번째 울렸을 때, 권영호가 전화를 받았다.

—여보세요?

초조하게 전화를 받기를 기다리던 정유경이 재빨리 말했다.

"국장님, 정유경입니다."

—정 피디? 왜? 현장에 무슨 문제라도 생겼어?

수화기 너머로 전해지는 권영호의 목소리에는 날이 잔뜩서 있었다.

아시안 게임은 4년에 한 번씩 열리는 국제 스포츠 대회.

방송사들은 아시안 게임 기간 동안 정규 편성을 모두 취소하고 아시안 게임 경기 중계에 열을 올렸다.

그러다 보니 타 방송사와 피 말리는 시청률 경쟁에 돌입할수밖에 없었다.

이것이 권영호 국장의 신경이 곤두서 있는 이유.

그런데 타 방송사에 비해서 더 높은 시청률을 올리는 것이쉽지 않았다.

동일한 콘텐츠를 방송에 내보내기 때문이었다.

결국 승부는 차별화 요소에서 갈릴 수밖에 없는 상황이었다.

"현장에 문제없습니다."

―그럼 다행이고. 그런데 무슨 일로 연락했어?

"제안드릴 게 있어서 연락드렸습니다."

―제안? 무슨 제안?

"펜싱 남자 사브르 종목 단체전 경기가 진행되고 있는 것 아시죠?"

―알아.

"한국 남자 팀이 준결승에 진출했다는 것도 아세요?"

―그것도 알아.

"중계 일정은 어떻게 되나요?"

―펜싱 중계는… 결승전에 진출하면 시작할 거야.

"왜요? 준결승 중계는 안 하나요?"

―펜싱 단체전 준결승이 열리는 시간에 유도 경기도 열려. 유력한 금메달 후보인 한상우가 출전하는 경기 말이야.

예상대로 펜싱 남자 사브르 단체전 준결승은 중계가 잡혀 있지 않다는 것을 확인한 정유경이 서둘러 말했다.

"국장님, 유도 중계 대신 남자 사브르 단체전 준결승 경기를 중계하면 안 될까요?"

―갑자기 무슨 소리야? 한상우가 출전한다니까. 그래서 다른 방송국에서도 모두 한상우 경기를 중계하는 거고.

"그러니까요."

―……?

"다른 방송국들에서도 중계해 주는 한상우 선수의 유도 경기 말고 우리 방송국에서는 남자 사브르 종목 단체전 준결승을 중계하는 게 더 낫지 않을까요?"

정유경이 재차 제안했지만, 권영호의 반응은 단호했다.

—펜싱보다 유도가 인기 종목이란 것… 설마 모르는 건 아니지?

그리고 권영호의 말은 사실이었다.

펜싱과 유도 모두 비인기 종목이란 공통점이 있었지만, 방송국들은 국제 대회에서 유도 중계를 훨씬 더 선호했다.

유도 종목에서 꾸준히 메달리스트를 배출했기 때문에 국민들의 기대치가 더 높았기 때문이었다.

"저도 압니다."

—그런데 왜 바쁜데 전화해서 씨알도 안 먹힐 소리를 해? 더 할 말 없으면 끊⋯⋯.

"국장님, 잠시만요."

—또 뭐야?

"서진우 선수, 아세요?"

—서진우? 서진우가 누구야?

"펜싱 남자 사브르 단체전에 출전하는 선수예요."

—그런데?

"서진우 선수 이력이 특이해요."

—뜬금없이 웬 이력 타령이야?

"서진우 선수, 한국대학교 법학과 재학생이에요."

―한국대학교 법학과라고?

권영호가 처음으로 흥미를 드러낸 순간, 정유경이 기회를 놓치지 않고 재빨리 말을 이었다.

"한국대학교에는 펜싱부가 없다는 것 아시죠? 그런데 처녀 출전 한 협회장 배 펜싱 대회와 국가 대표 선발전에서 실업 팀에 속한 선수들을 제압하고 잇달아 우승을 차지하면서 이번에 국가 대표로 발탁됐어요. 제가 좀 알아보니까 펜싱을 본격적으로 시작한 지 채 1년도 되지 않았다고 하고요."

―이력이… 특이하긴 하네.

권영호가 동의한 순간, 정유경이 덧붙였다.

"아직 끝이 아니에요."

―더 있어?

"지금 서진우 선수 집에 찾아와 있는데 누가 방문했는지 알면 국장님도 깜짝 놀라실걸요."

―누가 방문했는데?

"이강희, 알죠?"

―배우 이강희가 서진우 집에 찾아가 있다고?

이번에는 정유경의 예상이 틀리지 않았다.

톱배우 이강희가 서진우의 집에 방문해 있다는 이야기를 듣고서 권영호는 놀란 기색을 감추지 못했다.

"이강희 혼자 찾아온 게 아니에요. 신은하, 전우상, 그리고 요새 잘나가는 배우 겸 가수 이창성도 찾아왔어요."

─내로라하는 톱스타들이 왜 거기 찾아가 있어?

"서진우 선수를 응원하기 위해서 찾아왔대요."

─응?

"여기 찾아온 톱스타들의 공통점은 '블루윈드' 소속 배우라는 거예요. 그런데 서진우 선수가 '블루윈드' 이사래요."

─한국대학교 법학과 재학생인 데다가 연예 기획사 '블루윈드' 이사다? 진짜… 이력이 특이하긴 하네.

그 말을 끝으로 권영호는 입을 다물었다.

그가 고민하며 갈등하고 있다는 사실을 간파한 정유경이 다시 입을 뗐다.

"그럼 잘 뽑으면 화제가 되지 않겠어요?"

─화제성은 있는 것 같은데…….

"뭘 걱정하시는 건데요?"

─지면?

"네?"

─우리가 펜싱 중계했는데 준결승에서 패하고, 타 방송국에서 중계하는 한상우는 우승을 차지하면?

"그건… 하늘에 맡겨야죠."

─속 편한 소리 한다.

권영호가 핀잔을 건넨 후 다시 질문했다.

─그럼, 잘 뽑아 낼 자신 있어?

　　　　　*　　　　　　*　　　　　　*

　알리 다에이, 카림 사리파드, 엘함 세이힌.

　펜싱 남자 사브르 종목 단체전 4강전에 출전하는 선수 엔트리였다. 그리고 이 세 선수들 중 가장 기량이 출중한 선수는 알리 다에이였다.

　조금 전 끝난 남자 사브르 종목 개인전 결승에서 일본 선수인 야무라 켄지를 꺾고 금메달을 획득하기도 했던 알리 다에이는 이란 전력의 절반 이상이라고 평가받는 선수.

　그래서 알리 다에이는 단체전 4강전 선봉으로 출전했다.

　기선 제압의 중요성을 알고 있기 때문에 내린, 어쩌면 당연한 결정.

　그런데 한국 팀의 선택은 달랐다.

　모두가 구병길이 단체전 선봉으로 나설 거라 예상했지만, 정작 한국팀의 선봉을 맡은 것은 나였다. 그리고 내가 이란과의 4강전 선봉으로 나선 이유는 구병길의 주장 때문이었다.

　"지금까지 감춰 온 우리 팀의 비밀 병기를 사용할 때가 됐습니다. 진우라면 알리 다에이를 상대로 기선 제압에 성공할 수 있을 겁니다."

모험이나 다름없는 결정.

그래서 코칭스태프들은 격론을 펼친 끝에 날 선봉으로 선택했다.

날 믿어서가 아니었다.

알리 다에이와 구병길이 맞붙었을 때, 우세를 확신할 수 없다.

차라리 구병길이 알리 다에이와의 정면 대결을 피하고, 카림 사리파드를 상대하는 편이 더 유리하다.

이런 전략적 판단을 내렸기 때문에 날 선봉으로 내세운 것이었다.

"진우야."

"네."

"코칭스태프들은 안 믿어도 나는 믿는다. 네가 알리 다에이를 상대로 절대 밀리지 않을 거라는 걸."

"꼭 기대에 부응해야겠네요."

"그래야지. 그리고 나만 네게 기대하는 게 아냐. 전 국민이 네게 기대하고 있어."

툭.

구병길이 손으로 내 가슴을 가볍게 두드렸다.

"국가 대표이니까."

'국가 대표!'

가슴에 매달려 있는 태극 마크를 힐끗 살핀 내가 고개를 끄덕인 후 자리에서 일어났다.

'경기 플랜은… 멘탈 파괴!'

알리 다에이와 함께 마주 선 내가 가볍게 한숨을 내쉬었다.

첫 경기 출전이지만 긴장되거나 부담되는 마음은 없었다.

'부담은… 알리 다에이가 훨씬 커!'

구병길이 아닌 내가 선봉으로 나선 것이 의외의 결정이기 때문일까.

알리 다에이는 날 유심히 살피고 있었다.

난 8강전까지 아예 경기에 출전하지도 않았다.

그래서 이란 대표 팀은 4강전에도 내가 아닌 박태하가 단체전 선발 엔트리에 포함될 거라 예상하고 거기게 맞춰서 분석했을 것이었다.

그런데 정작 박태하가 아닌 내가 출전했으니 분석이 불가능했을 터.

현재 알리 다에이는 미지의 상대와 맞붙는 것이나 마찬가지였다.

반면 나는 알리 다에이에 대해서 분석했고, 그가 개인전 경기를 치르는 모습도 지켜본 후였다.

'내가 유리해!'

내가 확신을 품은 순간, 심판이 외쳤다.

"엉가르!"

준비 자세를 취하자, 심판이 1바우트 시작을 알렸다.

"알레!"

타다닷.

전진하면서 선제공격을 펼친 것은 알리 다에이.

난 빠르게 뒤로 물러나면서 사브르 궤적을 살폈다.

쉬잇.

예상대로 찌르기 공격이 파고든 순간, 난 샤브르를 들어 막아 냈다.

챙.

샤브르끼리 맞닿은 순간, 난 원을 그렸다.

채앵.

알리 다에이의 샤브르를 뿌리치는 데 성공한 내 사브르가 파고들었다.

퍽!

찌르기 공격이 성공하며 전광판에 적색 불이 들어왔다.

"콩트르 파라드!"

그 순간, 구병길이 상기된 목소리로 외쳤다.

1 대 0.

고작 한 점의 우세.

이렇게 판단할 수도 있었지만, 이 한 점은 의미가 컸다.

본인의 공격이 막히고, 내가 고급 기술인 콩트르 파라드를 성공시키면서 역습에 성공한 것으로 인해 충격이 큰 걸까.

알리 다에이는 당황한 기색이 역력했다.

"엉가르."

그러나 심판은 알리 다에이가 멘탈을 회복할 때까지 기다려 주지 않았다.

"알레!"

그리고 이번에는 알리 다에이가 선제공격을 펼치지 못하고 머뭇거렸다.

역습을 당할지도 모른다는 우려 때문.

난 그 틈을 놓치지 않고 먼저 움직였다.

슈악.

베기 공격을 막기 위해서 알리 다에이가 사브르를 들어 올린 순간, 난 찌르기 공격으로 변환했다.

퍽!

알리 다에이가 사브르를 움직이며 방어하려 했지만, 태극일원공을 응용한 덕분에 빠르게 움직이는 내 사브르를 육안으로 확인하고 막아 내기는 역부족이었다.

재차 전광판에 빨간불이 들어온 순간, 알리 다에이가 망연자실한 표정으로 사브르를 아래로 늘어뜨렸다.

*　　　*　　　*

"펜싱 남자 사브르 단체전에서 대이변이 벌어지고 있습니다. 한국 대표 팀의 준결승 상대인 이란 대표 팀은 강력한 우승 후보였습니다. 탈아시아급 선수라는 평가를 받고 있는 알리 다에이 선수의 존재 때문이었습니다. 한국 대표 팀의 펜싱 남자 사브르 종목 에이스인 구병길 선수가 알리 다에이 선수를 상대로 어느 정도 선전을 펼치느냐에 따라서 승부가 갈릴 것이라 예상했지만, 막상 뚜껑이 열리고 나자 전혀 예상치 못했던 방향으로 경기가 진행되고 있습니다. 모두의 예상과 달리 구병길 선수를 대신해서 한국 대표 팀 선봉으로 나선 서진우 선수가 알리 다에이 선수를 압도하면서 경기 양상이 일방적으로 흐르고 있습니다."

서부지검 근처 갈매기살집.
조동재, 그리고 김기철과 함께 소주잔을 기울이던 이청솔이 펜싱 남자 사브르 준결승전 중계에서 시선을 떼지 못한 채 입을 뗐다.
"우리 후배님이 참 잘나긴 했어."
"그러니까 말입니다."
김기철이 동의한 순간이었다.

"아, 9바우트에 출전한 구병길 선수가 카림 사리파드 선수를 상대로 찌르기 공격을 성공시키면서 마지막 포인트를 획득했습니다. 양 팀 에이스들이 출전하는 9바우트에 알리 다에이 선수가 아니라 카림 사리파드 선수가 출전한 것, 점수 차가 크게 벌어지며 이미 승부를 포기했다는 뜻이나 마찬가지였죠. 축하합니다. 결승 진출입니다. 펜싱 사브르 남자 단체전 한국 대표 팀이 이란을 꺾고 결승에 진출했습니다."

한국 대표 팀의 남자 사브르 종목 단체전 결승전 진출이 확정됐다.

"진짜 군 면제 받을 수도 있겠네……."

"네?"

"우리 후배님 말이야. 금메달 따면 군대 안 가도 되잖아."

국방의 의무는 대한민국 국민에게 부여된 신성한 의무 중 하나였다.

그렇지만 이청솔은 내심 서진우가 군대에 가지 않기를 바랐었다.

서진우는 무척 뛰어난 인재.

군대에서 3년 가까운 시간을 허비하는 것이 너무 아깝게 느껴졌기 때문이었다.

'날개를 달겠네.'

방콕 아시안 게임에 출전해서 금메달을 획득하면서 군 문제를 해결한다면?

서진우는 더 높이 비상할 수 있는 날개를 달 수 있는 셈이었다.

더 대단한 것은 군 문제를 해결하기 위해서 어떤 편법을 쓴 것이 아니라는 점이었다.

오롯이 본인의 힘으로 합법적인 방법을 통해서 군 문제를 해결해 나가고 있는 것이었다.

'참 대단하단 말이야!'

그래서 이청솔이 새삼 감탄하고 있을 때, TV 중계 화면이 바뀌었다. 그리고 화면에 등장한 것은 연예인들이었다.

이강희와 신은하, 전우상, 그리고 이창성까지.

잘나가는 연예인들이 한데 모여서 태극기를 흔들면서 응원하고 있었다.

"후배님을 응원하기 위해서 모였구나."

이청솔이 서진우와 처음으로 인연을 맺은 사건이 바로 이강희 사건이었다.

덕분에 이강희를 비롯한 연예인들이 서진우를 응원하기 위해서 그의 본가로 찾아갔다는 것도 짐작할 수 있었고.

그때였다.

"우리 강희 씨가 대단하긴 하네요."

TV 화면에서 시선을 떼지 않은 채 조동재가 불쑥 말했다.

그 이야기를 들은 이청솔이 의아한 표정을 지었다.

펜싱 남자 사브르 단체전에 출전한 한국 대표 팀이 결승 진출에 성공한 것에 기여한 것은 서진우였다.

그런데 조동재는 서진우가 아니라 이강희가 대단하다고 말하고 있었다.

"왜 후배님이 아니라 이강희 씨가 대단하다는 거야?"

"강희 씨 아니었으면 잘난 후배님이 출전하는 펜싱 경기 중계도 보지 못했을 테니까요."

"응? 그게 무슨 소리야?"

"말 그대로입니다."

"……?"

"검사장님, 펜싱 좋아하세요?"

"좋아하는 편은 아니지."

이청솔이 대답한 순간, 조동재가 정정했다.

"좋아하는 편이 아닌 게 아니라 싫어하시죠. 솔직히 말씀해 보세요. 펜싱 경기 중계를 제대로 보신 것, 이번이 처음이시죠?"

"그래."

조동재의 정곡을 찌르는 질문을 받은 이청솔이 인정했다.

제대로 집중해서 펜싱 경기 중계를 지켜본 것은 이번이 처음이었으니까.

더 솔직히 말하면 서진우가 출전했기에 열심히 보기는 했지만, 여전히 펜싱 룰도 정확히 이해하지 못하는 상태였다.

"검사장님만이 아닙니다. 극히 일부를 제외한 대부분 국민들은 검사장님과 마찬가지일 겁니다. 펜싱이 그만큼 비인기 종목이란 뜻이죠. 그리고 괜히 방송국 인간들 똥은 개도 안 먹는단 말이 있는 게 아닙니다. 시청률에 목을 매고 있는 방송국 인간들은 원래 비인기 종목인 펜싱 단체전 준결승 경기를 중계하지 않을 계획이었을 겁니다. 결승에 올라가고 난 후에야 편성할 생각이었을 거죠."

조동재의 의견이 일리가 있다고 판단한 이청솔이 수긍했을 때였다.

"강희 씨는 그걸 알고 있었기에 일부러 동료들을 이끌고 서진우 씨의 집을 방문했을 겁니다."

"그건 또 무슨 소리야?"

"잘난 후배님이 출전하는 펜싱 경기 단체전 준결승 경기 중계를 방송국에서 내보내도록 미끼가 된 거죠."

"에이, 설마……."

"설마 아닙니다. 강희 씨, 아주 똑똑합니다. 강단도 갖추고 있고 실천력도 갑이고요."

이강희에 대한 예전 기억을 더듬던 이청솔이 고개를 갸웃하며 손에 들고 있던 술잔을 매만졌다.

무척 중요한 것을 무심코 놓치고 지나갔다는 생각이 퍼뜩 들어서였다.

'내가 뭘 놓쳤던 거지?'

빠르게 반추하던 이청솔이 손에 들고 있던 잔을 꽉 움켜쥐었다.

"우리 강희 씨."

"……?"

"아까 조 검사가 부른 호칭이야. 대체 왜 우리 강희 씨라고 표현한 거야?"

"그게……."

"조 검사, 김 수사관에게 얘기 들었다."

"무슨 얘길 들었단 겁니까?"

"헤어졌다며. 그래서 요새 많이 힘들다는 것 알아."

"뭐, 그래서 조금 힘들긴 했지만……."

"그래도 정신 줄은 놓지 마. 조 검사가 정신 차리고 있어야 억울한 사람들이 안 생기니까."

이청솔이 안쓰러운 시선을 던지며 충고를 마쳤을 때였다.

"정신 줄 꽉 붙잡고 있습니다."

조동재가 항변했다.

"진짜 정신 줄 꽉 붙잡고 있는 것 맞아?"

"그럼요."

"내가 보기엔 아닌 것 같은데? 아까 우리 강희 씨라고 부른 것만 봐도 그렇잖아. 예전에 수사할 때 만났고 TV에서 자주 보다 보니까 친근한 느낌이 들긴 하겠지만 그렇다고 해서 혼자 착각하고 그러면……."

"우리 강희 씨 맞는데요."

"응?"

"저희 사귑니다."

"누가 누구하고 사귄다는 거야?"

"저하고 강희 씨요."

조동재가 대답한 순간, 이청솔이 김기철에게 고개를 돌렸다.

그에게 사실 여부를 확인하기 위함이었다. 그리고 고개를 돌려서 확인한 김기철은 놀라고 당황한 기색이 역력했다.

그래서 이청솔이 거짓말이라고 확신한 순간, 조동재가 덧붙였다.

"잘난 후배님이 약속을 지켰습니다."

"약속? 무슨 약속을 지켰단 거야?"

"펜싱 협회 정명섭 전 부회장을 확실하게 밟아 주면 소개팅을 해 준다고 약속했었는데… 그 약속을 지켰단 말입니다."

"그러니까 후배님이 조 검사에게 이강희 씨를 소개해 줬다?"

"네."

"이상한데?"

"또 뭐가요?"

"후배님이 소개해 줬다고 해서 잘될 리가 없잖아?"

"검사장님, 저 조동잽니다. 조동재."

"그래서 하는 말이지."

이청솔이 덧붙인 순간, 조동재가 힘주어 덧붙였다.

"우리 강희 씨가 사람 보는 눈이 있는 편이더라고요."

『회귀자와 함께 살아가는 법』 9권에 계속…